SZABÓ ANGELA

A FELHŐK ÖLÉBEN

novum pro

Ez a könyv e-könyvként is elérhető

www.novumpublishing.hu

Minden jog fenntartva, beleértve a mű film, rádió és televízió, fotómechanikai kiadását, hanghordozón és elektronikus adathordozón való forgalmazását, valamint kivonat megjelentetését, illetve az utánnyomását is.

Nyomtatva az Európai Unióban környezetbarát, klór- és savmentes, fehérített papírra.

© 2016 novum publishing

ISBN 978-3-99048-545-3
Lektor: Tömösvári Emese
Borítókép:
Rolffimages | Dreamstime.com
Borító, tördelés & nyomda:
novum publishing

www.novumpublishing.hu

*„Ha látni akartok, nézzetek fel az égre.
Ott leszek, hol a madár száll,
a felhők ölében."*

Kóth Gizella

2009. SZEPTEMBER 12.

Verőfényes napsütés ragyogta be a virágpompába öltöztetett temetőt. Szinte minden síron friss virág virított, mintha mindet éppen erre a napra helyezték volna oda, hogy így köszöntsék az újonnan érkezőt, aki ezen a napon foglalja el végleges otthonát a családi sírban.

A hófehér sír is nyitva állt már, készen arra, hogy a feleség sok év után, végre, újra férje mellé pihenhessen le, és mindaddig így, együtt maradjanak, amíg leszármazottaik között lesz még valaki, akinek a szeretete megtartja emléküket.

A ravatalozóhoz egyre gyűltek a feketébe öltözött emberek. A rózsaszínű virágokból kötött koszorúkat a fedett terasz kőpadlójára helyezték, melyek, mint megannyi virágzó bokor, végül egészen beterítették a hűvös felületet.

Ezen az árnyékos teraszon álltak meg azok, akik nem a szoros családhoz tartoztak. A sötét ruhák és az elmélyült tekintetek miatt homogén embercsoportnak látszott a gyülekezet, pedig korántsem volt az.

Az újonnan érkezők, mintha csak egy főpróba előzte volna meg az elrendeződést, egy-egy tétova körbepillantás után azonnal megtalálták helyüket. Volt kolléga a pedagógusokhoz, szomszéd a szomszédok csoportjához csatlakozott, míg a távoli rokonokat a láthatatlan rokoni szálak vezették övéikhez. Amint egy újabb tag érkezett, a többiek apró, néma fej bólintással köszöntötték és alig észrevehető mozdulással helyet igazítottak számára maguk között. Így lett egyre sűrűbb és sűrűbb az emberkoszorú.

A legheterogénebb csoport az ismerősök, régi barátok, már felnőtt tanítványok köre volt. Mivel közöttük nem voltak szoros összekötő szálak, sőt néhányan nem is ismerték egymást, ők hézagosabban álltak meg egymás mellett. Érezhető volt, hogy csak a máshová nem tartozás miatt alakították ki saját csoportjukat.

Az egybegyűltek a személyes részvéten túl a pisszenéstelen csenddel is az elhunyt iránti kegyeletüket fejezték ki. A tisztelet jele volt az is, hogy senki sem késett el, mindannyian jóval a szertartás megkezdése előtt érkeztek.

Néma csönd uralkodott, de nem unalom. Voltak, akik fegyelmezetten, maguk elé révedve álltak, de belső, felfokozott aktivitásuk erősen kisugárzott, hiszen ez volt az a hely és az az idő, ami felidézte bennük saját szeretteik elvesztésének élményét – most újra átélhették akkori érzelmi viharaikat. Mások hang nélkül, mozgó ajkakkal imát mormoltak magukban. Többen hosszasan pásztáztak tekintetükkel a ravatalt díszítő virágfüzéreken, melyek a rózsaszín minden árnyalatában gazdagon díszlettek. Becsapós volt a látvány, mert első ránézésre úgy tűnt, mintha megannyi tarka színből állították volna össze a girlandokat. Néhány pillanatnyi szemlélődés után azonban a szem szétválogatta az árnyalatokat és meglepődve realizálta, hogy valójában minden virág rózsaszínű. Csodálatos színkavalkád kerekedett ki a különböző árnyalatokból, amit tovább fokozott a virágok sokféle fajtája. Az alkotásnak ezt a csodáját látva döbbenünk rá arra, hogy az ember tehetsége mennyire véges. Egyedül csak a Természet képes arra, hogy kitalálja és megteremtse egyetlen színnek ezt a burjánzó sokféleségét, amit az emberi elme kitalálni nem, legfeljebb csak leutánozni képes. Az ember részéről már az is nagy teljesítmény, ha kihasználja az adott lehetőséget, hogy az árnyalatok és formák széles palettáját összerendezve, szemnek gyönyörködtetőt alkosson belőle.

Laura, a lányunoka – aki örökölte elhunyt nagymamája szépérzékét – képes volt erre, és így fonatta bele útravalóul búcsúját és szeretetét a ravatalt díszítő virágok és árnyalatok buja szépségébe. Tudta, hogy ezzel boldoggá teszi a távozót.

Bent, a ravatalozóban az ülőhelyek – az íratlan szabályok szerint – a rokonokat illették. A legközelebbi családtagok közvetlenül a ravatalozó két oldalán ültek, a többiek pedig – rokonsági foktól függően – a távolabbi, hátsóbb sorokban foglalták el helyeiket.

A koporsó nagyságú ravatalozón már ott állt a porcelán-rózsaszín szegfű girland közepén a szép és nemesen egyszerű, hófehér üvegurna, amit körbelebegett a leheletkönnyű, parányi szemfedél. Ennek az urnának a tartalma jelentette az egyetlen és utolsó materiális kapcsolatot az eltávozott és az itt maradottak között.

Közvetlenül a ravatalozó melletti széksor első helyén ült a középkoron túl lévő férfi, az elhunyt veje, akinek elegáns megjelenése bőven meghazudtolta korát. Komoly arcán nem látszott megtörtség. Csak pár percig maradt a jobbján ülő, magába roskadt felesége mellett, majd elővette zsebéből a kamerát, felállt és fényképezni kezdett. Magában áldotta jó szerencséjét, hogy eszébe jutott fényképezőgépet hozni, ami most megmentette őt attól a kellemetlen szituációtól, hogy a protokoll szerint bánatos arckifejezéssel üljön a ravatalozó mellett. Ez lett volna számára most a legnehezebb feladat, mert valahol a lelke mélyén örült, hogy anyósa eltávozott. Ő volt az, aki nyíltan bevallotta, boldog attól, hogy anyósa megszabadult a harminc éve tartó szenvedéstől. Ki merte mondani, hogy a halál megváltás a szenvedőnek. Hogy a halál az élet természetes része, az utolsó stáció földi tartózkodásunk idején. Talán azért is tudott ilyen tárgyilagosan gondolkodni, mert őt még mindeddig nem érintette meg személyesen az a fajta fájdalom, amit az ember már tudatosan él meg szerettei távozásakor. Ő annyira kicsi gyermek volt szülei elvesztése idején, hogy amikorra a hiány tudatosult benne, az állapot már megszokottá, természetessé állandósult számára.

Gyakorlatias gondolkodásával most is már a jövőben járt és azt latolgatta, hogyan alakul ezután az életük. Felszabadultabb lesz-e a felesége, vagy a depresszióba menekül? Pillanatnyilag ez utóbbi látszott valószínűnek. Bele sem mert gondolni!

A fényképezés miatt a szertartás egész ideje alatt mindvégig üresen árválkodott széke a felesége mellett. A nő talán észre sem vette, hogy magára maradt. De az is lehet, elég biztonságot nyújtott neki, hogy másik oldalán maga mellett tudhatta felnőtt lányát, akire annyira büszke volt, aki minden álmát valóra váltotta. A lánya, aki az ő régi ékességeit hordozza – gondolta, ahányszor csak ránézett. Őt tartotta élete legnagyobb ajándékának.

Az elegáns, fiatal nő nagyon igyekezett tartani magát, de erőfeszítése hiábavaló volt, mert az elmúlt hetek érzelmi viharait elárulta meggyötört arca és vörösre sírt szeme. Most is csak nyelte a fel-feltörni kívánkozó zokogást, hogy ne rémítse meg vele a mellette ülő, s karjába kapaszkodó, riadt kislányát. Négy gyermeke közül ő az egyetlen lány. Szorosan kötődik édesanyjához, aki számára az abszolút biztonságot jelenti. Máskor is, de ezen a szokatlan eseményen még inkább, oltalmat keresve bújt oda édesanyjához. Soha nem vett még részt temetésen, soha nem szembesült még a halállal, most élte meg élete első ilyen élményét. Nagy, tarka szeme időnként könnyben úszott, míg máskor zavartan csodálkozott rá a ravatalon álló urnára. Nem valószínű, hogy tudatában képes volt összekapcsolni az ő Dédi-mamáját ezzel a kis üvegurnával.

A kislány bátyja és édesapja a hátuk mögött, a férfi rokonok sorában foglalták el állóhelyeiket. Mindketten nagyon szerették a Dédit, nagyon megviselte őket a távozás. A már-már apja magasságára nőtt, feltűnően jóvágású, karcsú fiú lehajtott fejjel állt édesapja mellett. Csak néha emelte fel tekintetét és lopva pillantott apja arcára. Szívesen kisírta volna magát, mint az előtte lévő sorban ülő nők, de ösztönösen is tudta, neki apja a mérték. A fiatal apa nem sírt, csak mély, bús belenyugvás tükröződött arcán, ami minta volt kamasz fiának a férfias méltóság megőrzésére ebben a helyzetben. De az akaratlan arcrándulások, a meg-megrezdülő kéz, a behajló hát, mind-mind elárulták a lélek állapotát. Akaratlanul is nehéz gondolatok fogalmazódtak a férfi fejében. Tudta, hogy bármelyik nap bekövetkezhet, hogy ugyanígy kell búcsúzni az ő nagymamájától is.

Csak akkor érezte könnyebbnek magát, ha otthon maradt két kisebb fiára gondolt. Elégedett volt döntésükkel, hogy nem hozták őket magukkal. Mint minden szülő, ő is szerette volna mindaddig megvédeni gyermekeit a fájdalmaktól, a negatív élményektől, amíg csak módjában áll. Mintha ez egyáltalán lehetséges lenne!

Az elhunyt lánya testben és lélekben is összetörten, folyamatosan sírt, miközben az urnára meredt, mintha valami csodát várna attól. Értelmével tudta és győzködte önmagát, hogy ennek be kellett következnie, nem történhetett másképp. De tehetetlen volt érzelmeivel. Mélyen röstellte, hogy nem tud fegyelmezettebben viselkedni, hogy nem tud gátat vetni zokogásának. Csak egyszer állt fel révetegen, majd csipkekesztyűbe bújtatott kezével tétován megsimogatta az urnát és gondolataiban keresgélve, töprengő kifejezéssel az arcán állva maradt. Látszott, hogy akart volna még valamit, de sehogyan sem jut eszébe, hogy mit. Zavartan pislogott, mert elbizonytalanította a hiábavaló kutatás emlékezetében. Nem tudta már, miért is állt föl. Tett még néhány bizonytalan, céltalan mozdulatot, de némi töprengés után feladta, dolga végezetlenül visszaroskadt székére és hang nélkül tovább zokogott, hogy enyhítse a benne feszítő tehetetlenséget.

Az első sort az elhunyt nevelt unokája zárta. A szép, karcsú, fiatal nő lehajtott fejjel ült, előrehulló szőke hajzuhataga eltakarta arcát, csak szipogásából lehetett tudni, hogy sír. A gyermekkora jutott eszébe. Fülébe csengtek nagymamája szavai, aki arról beszélt neki, hogy a nevelésnek vannak hétköznapjai és ünnepnapjai. Az ünnepnapok azoké a szülőké, akik nem veszik ki részüket a hétköznapi nevelésből. Nekik van könnyebb dolguk. A hétköznapok sokkal nehezebbek, de végül éppen ezek azok a napok, amik meghozzák mind a gyermek, mind a szülők jutalmát, vagyis az eredményt. Milyen igaz! – zárta gondolatait elégedetten.

A ravatalozó szemközti oldalán az elhunyt meglett korú fiai ültek feleségeikkel. Férfiasan tartották magukat, egyik sem sírt. Felületes szemlélőnek akár úgy is tűnhetett, mintha nem érintette volna már meg őket édesanyjuk távozása, hanem természetes belenyugvással élték meg a megváltoztathatatlant. Pedig a hosszú összetartozás utáni végleges elválás számukra is gyötrelmes volt.

Látszott, hogy az idősebbik férfi szemében a fájdalom megtörte a fényt, arcába belemélyítette a vonásokat. Mire gondolt? Ki tudja? Talán arra, hogy kortársai közül már sokan nem élnek. Többen ugyanebben a temetőben nyugszanak már. Ő meg még mindig itt van, és még csak most temeti édesanyját. A fiatalabbik pedig csak ült ott némán, kifejezéstelen arccal maga elé révedve, szinte árnyékaként a néhány héttel ezelőtti önmagának. Ez idő alatt hirtelen megöregedett, arcán a pókhálószerű ráncok mély barázdákká lettek, a már kissé őszbe vegyülő haja pedig egészen kifehéredett. A korábban testére simuló, fekete öltönye az elmúlt néhány hét alatt kinőtte gazdáját, és úgy lógott rajta, mintha egy test nélküli vállfán himbálózna.

A mögöttük lévő sorokban ült az elhunyt egyetlen élő húga. Ő nyolcvan fölötti kora ellenére egészen mostanáig szépségéről és fiatalosságáról volt híres, de az ötödik, egyben az utolsó testvér távozása egyik napról a másikra töpörödött kis öregasszonnyá varázsolta. Ki, vagy mi művelte ezt vele? Hogy tudott olyan hihetetlenül megváltozni, hogy rá sem lehet ismerni? Zokogott. Összetört, szép arcán megállíthatatlanul folytak a könnyek. Érezte, mennyire egyedül maradt, és tisztában volt azzal a megváltoztathatatlan ténnyel, hogy belátható időn belül ő a következő, és egyben az utolsó távozó. Nincs már több testvér! Talán kívánkozott is már a többiek után, de egyetlen lánya karolásából tudta, hogy még hozzájuk tartozik, hogy még helye van itt. Körülötte csupa középkoron túli nő és férfi ült. Mindannyian az ő és testvéreinek leszármazottai. Ezek leszármazottai pedig, a még egy generációval fiatalabbak, a leghátsó sorban álltak.

Megérkezett a római katolikus pap. Nem fekete gyászruhát viselt, hanem a Nap sugaraiban szikrázó, aranyos palást borította vállát. Mind az elhunytat, mind az egyház két jeles dátumát ünnepelte ezzel az öltözékkel a mai napon: augusztus 15. Nagyboldogasszony napja, Szűz Mária halálának és mennybevételének ünnepe; szeptember 12. pedig a liturgikus naptárban Szűz Mária neve napja.

Az elhunytat, akinek hófehér urnája ott állt a ravatalon, végső földi tartózkodása idején ugyanez a két dátum illette: halálának dátuma: augusztus 15., temetésének napja: szeptember 12. Véletlen lenne, vagy inkább kegy, amiben Isten őt részesítette?

Mint minden vallásnak, a katolikusnak is megvan a temetési liturgiája, mégis nagyon személyfüggő. A pap, a kántor és a temetkezési személyzet itt, ezen a napon mind úgy tette a kötelességét, mintha a saját halottját szolgálná ki utoljára. Gyönyörű volt az egyházi szertartás! Sokan azt mondják, egy temetés nem lehet szép. Ez a temetés cáfolta az állítást. Annyira, hogy többen a résztvevők közül azt kívánták, bárcsak ők is ilyen búcsúztatásban részesülnének majdan!

A tisztelendő mesterien fonta össze mondandóját. Bár személyesen nem ismerte az elhunytat, nem is volt rá szüksége. Mindent tudott róla. A faluban az idősebb generáció még emlékezett a tanító nénire, hiába nem lakott már közöttük harminc éve. Sok tanítvány még élt, és az emlékek az eltelt évek ellenére is elevenek maradtak. Az iskola falán is ott lógtak a tablók, melyekre a régi időkben évről évre évtizedeken át rákerült az elhunyt fényképe.

A pap a nevelés fontosságának vezérfonala köré csoportosította a szálakat: Mária mennybevétele mutatja nekünk, hogy a halál után, mi, emberek a porhüvelyünket ugyan viszszaadjuk a földnek, de lelkünk és tudatunk tovább él, fölszáll a mennybe, Istenhez igyekszik. Kidomborította az elhunyt hitben való neveltetését, amit a szülői ház kezdett el, és az iskola, a kisvárdai Szent Orsolya rendi Tanítóképző fejezett be. Rámutatott azokra az értékekre, amelyek tudatunkat csiszoltabbá, lelkünket nemesebbé tehetik, hogy minél tisztábban állhassunk ismét Isten elé.

A szertartás a vége felé közeledett már, amikor a gyülekezet alig észrevehetően résnyire nyílott, hogy utat engedjen egy magas, harmincas fiatalembernek, aki a hátsó sorokból kiválva, nagyon óvatosan mozogva, a ravatalozó felé közelített.

Dóra nem látta őt jönni, csak azt vette észre, hogy valaki hátulról finoman megérinti a vállát, lehajol hozzá és halkan a fülébe súgja:

– Ne sírj, nyugodj meg! Édesanyád itt van, és elégedetten szemléli a szertartást. Boldog, mert pontosan ilyennek álmodott meg mindent. Hiszen tudod!

Azzal – még mielőtt Dóra felocsúdhatott volna – a fiatalember amilyen észrevehetetlenül jött, ugyanolyan diszkréten, hang nélküli, puha léptekkel távozott.

Mintha villámcsapás érte volna, úgy szúrtak Dórába az elhangzott mondatok. De mire fölfogta a fiatalember szavainak értelmét és hátrafordult, hogy szembenézzen vele és rákérdezzen, már senki sem állt mögötte. Összezavarodott. Valóban volt mögötte valaki? Valóban szólt is hozzá? Vagy csak kimerültsége miatt hallucinált?

Zavartan állt fel székéről, és az egybegyűlteket pásztázva vitte tovább kutató tekintetét. Így sikerült még meglátnia az összezáródó tömegből kimagasodó, sötét hajú, karcsú fiatalember tarkóját.

Ő volt az! Nem lehetett más! – konstatálta magában.

2009. MÁRCIUS

Visszavonhatatlanul tavaszodott már. Ugyan még nem borították el a zöld rügyek a fák ágait, a barna karok még sötéten nyúltak az ég felé, de a levegőben már érződött a hízásra készülődő rügyek élettel telített, friss illata. Az üde levegő a lakást is belengte, felpezsdítve ezzel az illattal a benne lakók életkedvét.

A középkorú, fürge mozgású nő imádta a tavaszi ébredéseket. A korai pirkadat szinte kiparancsolta az ágyból. Ilyenkor, tavasz kezdetén, minden reggel óriási kíváncsiság vett erőt rajta, hogy megnézze, mennyit változott előző nap óta a természet. Sohasem csalódott, mindig újabb és újabb meglepetést hozott az új reggel.

Gyorsan belebújt melegítőjébe, kilépett az előszobába, ahol csizmáját és dzsekijét tartotta. No, meg a kutyáit! Mindkettő aludt még, ki-ki a saját foteljában. De az ajtónyitás neszét meghallva kinyitották szemüket, lustán ásítottak, nyújtóztak, majd megszégyenülve a gazdi korábbi ébredésétől, leugrottak foteljaikból.

Egyik sem volt pedigrés. A nő mindkettőt – még egészen pici korukban – az utcán találta. Az egyik kis tacskószerű, barna, a másik pedig collie-t formázó, szintén barna színű, közepes termetű. Végtelen okosságukkal és ragaszkodásukkal nap mint nap meghálálták a befogadást. Egymás iránti féltékenységük hamar éberré varázsolta őket. Versengve, hízelegve dörgölőztek a nő lábához, hogy kikönyörögjék az aznapi első simogatást és a szokásos néhány halk, kedveskedő szót. Nem kellett sokat várniuk. A nő lehajolt hozzájuk, megsimogatta buksijukat, évődött kicsit a lustaságuk miatt, majd kinyitotta az udvarra vezető ajtót. Mint két kilőtt puskagolyó, úgy rohant ki a két kutya a szabadba. Nem vártak gazdájukra, egyedül vették birtokba a területet, mert tudták, hogy a gazdi néhány percre, vagy néha csak néhány pillanatra, még visszalép a házba.

A kutyák számára maga a Paradicsom volt ez a hatalmas terület. A korai kergetőzés, birkózás volt az ő mindennapi reggeli tornájuk. De erre ma nem jutott idejük, mert őzet vagy nyulat észlelhettek a kert végében csordogáló patak partján, így hangos ugatás és csaholás közepette azonnal vadhajszába kezdtek. Külön-külön nem lett volna merszük szembeszegülni az őzekkel, főleg egy bakkal nem, de ketten együtt meghatványozódott bátorságuk. Egy szempillantás alatt futották végig a lankás terület kétszáz méteres hosszát, és eltűntek a területet körülölelő kis erdő bokros, latyakos aljnövényzetében.

A nő lerúgta papucsát, mezítláb lépett vissza a házba és halkan benyitott a másik hálószobába. Előbb csak bekémlelt az ajtórésen, megállt ott és várt. Aztán mégis meggondolta magát, belépett a szobába, leült a kanapéra és nyugodtan, csöndben nézte az ágyban fekvő, alvó idős édesanyját, aki éppen úgy aludt ott, mint a kisbabák. Kipirult arcáról gond nélküli nyugalom, a teljes biztonság érzése sugárzott. A két kis, finom, erőtlen, elnyomorodott kéz békésen nyugodott a paplanon. A súlyos reumás betegség nemcsak a kezeket, de az egész testet nyomorékká formálta mostanra. Nem voltak már erős izmok, amelyek megtartották volna a vázat, amik képessé tették volna a lábat a járásra. Évek óta ágyban feküdt ez a kis szeretett lény, aki azelőtt olyan mozgékony volt, hogy fénykorában, a testnevelés órákon maga mutatta be tanítványainak a gyakorlatokat. Sőt, ő volt az, aki fiatalokat megszégyenítve, még ötvenévesen is felmászott a fákra a gyümölcsöt leszedni.

Lánya, ahogyan ott ült, azon tűnődött, hogyan tudja édesanyja ilyen végtelen türelemmel viselni ezt a súlyos, fájdalmas betegséget, ami az egész életét megváltoztatta, ami ezt a roppant mozgékony, agilis nőt ennyire kiszolgáltatottá tette.

Ahogyan a betegség egyre inkább sorvasztotta a testet, úgy alakult a személyiség kedvesebbé, szerényebbé, jóságosabbá. A betegséget természetes nyugalommal viselte, nem háborgott, nem panaszkodott, sőt még életkedvéből sem veszített. Még így is nagyon szeretett élni! Belenyugvással vette tudomásul, hogy Isten ezt mérte rá, neki ezt kell megélnie itt. Értékelte, hogy szeretet övezi, hogy közvetlen családtagjai gyakran látogatják.

Távolabbi rokonai vagy fiatalkori ismerősei előtt azonban szégyellte megváltozottságát, és éppen ezért találkozni sem akart velük. Csak emlékeiben éltek elevenen. Sokszor emlegette őket és hosszasan mesélt róluk és valamikori közös élményeikről.

Lánya nem időzött túl sokáig a szobában, mert nem szerette volna, ha az alvó megérzi jelenlétét és felébred. Értelmetlen lett volna az ébresztés, hiszen túl korán volt még a mosdatáshoz, reggeliztetéshez. Kilépett hát újra az előszobába, belebújt gumicsizmájába és felvette dzsekijét, majd lesétált a kert végébe. Menet közben egy-egy ágat lehúzott arcához, belélegezte a semmihez sem hasonlítható illatot, végigsimította a szunnyadó, még nem is látszó rügyeket, majd elvarázsoltan a rengeteg energiától, amit így kapott, óvatosan visszaengedte az ágakat a helyükre.

Nem tudott betelni az ébredő természet szépségével. Imádta, hogy itt lakhat kora tavasztól késő őszig. Még a gondolattól is rosszul volt, ha eszébe jutott valamikori otthona, a fővárosi panellakás. A főváros, ahol szívta a füstös, koszos levegőt, ahol munkába menet zötykölődött a tömegközlekedési eszközökön, ahol az emberek a nap minden órájában egymást lökdösve rohannak valahová. Mennyire sajnálta azokat, akiknek továbbra is ott kellett élni, akiknek nem adatott meg a lehetőség, hogy vidékre költözzenek és megismerjék ezt a fajta csodálatos, nyugodt életet. Ezt a lehetőséget is édesanyjának köszönhette, hiszen tőle kapta a lankás domboldalon fekvő hatalmas területet, amin akkor csak egy düledező parasztház állt. Később férjével közösen megvásárolták még a szomszédos, ugyanakkora üres telket is, amivel kiteljesedett a terület szépsége. A szemet gyönyörködtető panoráma egészen a Balatonig nyúlt.

Az ágak között már átszűrődött a reggeli nap erőtlen sugara, mely ebben a kora tavaszi időszakban inkább csak világosságot adott, meleget még nem. De bármennyire is gyengék a sugarak, az ébredő természetre mégis nagy hatással voltak. A néhány nappal ezelőtti, még foltokban havas föld felszíne mára már mindenhol fekete lett, csak puha, latyakos felülete emlékeztetett a tegnapi hóra.

A kutyákat egy cseppet sem zavarta a sáros talaj. Látszott, hogy ennek ellenére is élvezetes vadhajszát rendezhettek, mert – megérezve a gazdi közeledését – erősen lihegve, nyakig csatakosan kerültek elő. Csapzott bundájukat vadul rázva, szanaszét szórták a vizes sarat, bőven juttatva a gazdi csizmájára és nadrágja szárára is.

Eddigre a hat macska is megjelent. Magasra tartott, nyílegyenes farokkal igyekeztek gazdaasszonyuk felé, majd dorombolva tekergőztek lába köré, nem annyira szeretetből, mint inkább a reggeli kihízelgéséért. Közben éberen szemmel tartották a kutyákat. Tudták, hogy bármelyik pillanatban fel kell kötniük a nyúlcipőt és olyan gyorsan menekülni, ahogyan csak kitelik tőlük, mivel a kutyák nem tűrik meg őket sokáig a gazdi mellett.

Nem igazán komoly megkergetések ezek a kutyák részéről, inkább csak amolyan színjátékok, amikkel nap mint nap emlékeztették a macskákat a saját felsőbbrendűségükre. Azt is pontosan tudták, hogy meddig mehetnek el a fegyelmezésben. Csakis addig, ameddig még nem tesznek kárt a macskákban. Dehogy haragították volna magukra a gazdaasszonyukat!

A nő az állatok reggelijét a nyári konyhában kezdte elkészíteni. A macskák a csirkemell húst csontostól, bőröstől nyersen, apróra darabolva, míg a kutyák ugyanazt főzve kapták. Miután végzett az állatok reggeliztetésével, felnézett a faliórára, azt latolgatva, mire jut még ideje, amíg az alkalmazottja megérkezik.

Kati mindig háromnegyed nyolckor érkezik, addigra szabaddá kell magát tennie, hogy kiadhassa neki az első feladatot. Szerencsére ez a lány elég önálló, nem kell mindig a sarkában lenni, de azért folyamatosan ellenőrizni kell az elvégzett munkáját. Figyelni kell arra is, hogy egyszerre csak egy, esetleg két feladatot kapjon és csak aztán, ha azokat befejezte, akkor a következőt. De mindig csak maximum két feladat! Dóra tudta, hiába is sorolná fel az egész napi teendőt, nem lenne köszönet benne. Kati a felét elfelejtené, a másik felét összekeverné, még akkor is, ha felírja neki azokat. Szerialitás – mosolyodott el magában, ahogy akaratlanul is eszébe ötlött a szó valamikori tanulmányaiból. Hát ennek a való életben most így veszi hasznát!

Felnézett a faliórára. Még hat előtt járt, így nyugodtan bemehet irodájába megnézni az e-mailjeit – gondolta. Már egyre-másra érkeztek a szállásfoglalások. Nagyon fontos, hogy mindenkinek azonnal válaszoljon, mert – itt, a közeli fürdővárosban és vonzáskörzetében – óriási a konkurencia. Ha késlekedik, elveszítheti a potenciális vendégeket.

Még mielőtt leült volna számítógépe elé, ismét benézett az alvó szobájába. Nem alhatott már nagyon mélyen, mert az ajtónyitásra édesanyja azonnal felébredt.

– Jó reggelt! Te vagy az, Dórika? – kérdezte anélkül, hogy kinyitotta volna a szemét. Majd tétován mégis a lányára nézett és csodálkozva folytatta. – Milyen érdekes! Ahogy beléptél, Gézus azonnal elment. Pedig már jó ideje éppen ott állt, ahol most te. Ott az ajtóban… pontosan ott! – mutatta ujjával.

– Itt állt? – kérdezte lánya hüledezve, és meglepetésében még beljebb lépni is és köszönni is elfelejtett.

– Hogyhogy itt állt? Mit akart? Mit mondott? – dadogta a feltoluló buta kérdéseket.

– Nem tudom, mit akart, mert nem mondott semmit. Csak ott állt és csendben, békésen nézett rám és várt türelmesen. Egyszerűen csak figyelt. Nem is értem, miért szemlélt engem olyan tüzetesen és kitartóan… – révedezett vissza gondolataiba édesanyja.

– Biztos vagy benne, édesanyám? Nem lehet, hogy csak álmodtad? – kérdezte a lánya kétkedéssel a hangjában.
 – Nem, ez nem álom volt! Olyan tisztán láttam őt, mint most téged. Sötét öltönyt viselt, fehér garbóval, és még kalap is volt a fején. Tudod, ahogy szokta, hisz' mindig kalapot viselt – gondolt utána a látottaknak, majd tovább bizonygatta :
 – Hidd el, nem álom volt, teljesen tisztán láttam őt. Ott állt, éppen ott, ahol most te. Ahogy beléptél, egy szempillantás alatt eltűnt. Biztosan tart tőled! Hát, azt el is hiszem, van szégyellnivalója bőven! De most olyan békés és barátságos volt. Sőt, inkább alázatos. Te mit gondolsz, mit akarhatott itt? Nem értem, nem értem, minek jött ide… – értetlenkedett, és újra elgondolkodott.
 – Egyáltalán, hogy is került ide ennyi év után? Hogy van mersze ide beállítani?! – folytatta most már felháborodva, ahogyan teljesen átcsúszott az álomból a valós világba, és eszébe jutottak a régmúlt kellemetlen emlékei.
 – Mondd csak, Édesanyám, nem féltél tőle?
 – Félni? Én?! Á, dehogy! Miért féltem volna? – mosolyodott el, és finom kis kezével fölényesen legyintett, majd folytatta. – Nem volt benne semmi bántó szándék. Inkább elgyötörtnek látszott… olyan… olyan könyörgő volt a tekintete, mintha tőlem kérne segítséget – emlékezett bele ismét a gondolataiba, és látszott, ahogyan felidézi magában újra az élményt. – Olyan volt, olyan… mint aki régóta, már nagyon régóta vár valamire, de hiába. Vagy mint aki keres valamit, de sehogyan sem találja, és már bele is fáradt a hiábavaló kutatásba. Hogy őszinte legyek, meg is sajnáltam. Furcsa, hogy éppen én mondom ezt, hiszen haragudnom kellene rá, de most inkább szántam őt, mert olyan nagyon szánni való volt! Tudod, úgy éreztem, mintha könyörögne a segítségemért. Mintha azt kérné, hogy kísérjem el valahová, mert ettől függ a további sorsa. És tudod, nem mondtam eddig neked, de már nem először van itt. Többször láttam már itt ólálkodni, de nem mondtam neked, mert nem akartalak vele idegesíteni.

– Ó, Édesanyám, engem nem idegesítesz ezzel! Tudod, hogy nekem ez már semmit nem jelent. Inkább csak az bánt, hogy téged zaklat. Ezért dühös vagyok rá. Ha legközelebb ismét jön, csak szóljál nekem, majd én elküldöm! – ment bele a játékba Dóra, majd másra terelte a szót. – Tudod mit, Mami? Mivel még túl korán van az ébredéshez, öntök neked egy gyűszűnyi rumot, felhörpinted, és még egy kicsit tovább alszol. Jó?

– Hát, nem is tudom, hogy kívánom-e ezt most – mondta az édesanyja, vállait fölhúzva és kis fintort vágva.

– Idd csak meg, hidd el, jót fog tenni! Hátha meghozza az étvágyadat is! – igyekezett rábeszélni a lánya.

Azzal pohárba öntötte a gyűszűnyi rumot, majd édesanyja háta alá nyúlt, félig ülő helyzetbe emelte és megitatta. Közben arra gondolt, hogy igazából ő maga sem hiszi, hogy egy ilyen csöppnyi mennyiség bármit is képes megváltoztatni a szervezetben. De hátha mégis! – reménykedett. Mit veszíthetnek? Nincs rizikó!

Édesanyja felhörpintette a kortynyi alkoholt, beleborzongott, majd visszadőlt párnáira, és egyik pillanatról a másikra újból álomba merült. Olyan gyorsan aludt el, és olyan mélyen, mintha az imént ébren sem lett volna. Lánya megsimogatta az alvó kis fejet, elnézte még egy darabig, ahogyan szépen kisimulnak a vonások az arcon. Bár ez a kis arc egyébként is sima volt, szinte ránctalan. Ahogyan nézte, arra gondolt, hogy néhány év még, és öregedésben ő utoléri. Tudta, hogy bár nagyon hasonlítanak egymásra, ő mégsem ilyen szerencsés alkat, ő sokkal gyorsabban öregedő típus. Helyesebben, ő az átlagos ütemben öregszik – javította ki önmagát. De ez egy cseppet sem zavarta, úgy fogta fel, hogy a különleges adottság nem jár mindenkinek. Egyébként meg szerencsésnek és nagyon gazdagnak érezte magát, hiszen eddigi életében egy csomó olyan ajándékot kapott Istentől, amiben nem volt mindenkinek része. Rögtön az unokái jutottak eszébe, akik egészségesek, gyönyörűek és okosak. Nem tudott ennél nagyobb gazdagságot elképzelni. Ráadásul a lánya olyan férfit ajándékozott meg négy gyerekkel, aki tökéletes apa lett, akire nap mint nap számíthatott.

– Nem úgy, mint én! – jutott eszébe a régmúlt.

Ennyi év után nem haragudott már Gézusra, sőt inkább örült, hogy nem vele kellett leélnie az életet. Ha nem is volt kifejezetten boldog, amikor sok évvel ezelőtt hírét vette halálának, megnyugvást érzett. Most azonban önmagát is meglepte, ahogyan eszébe jutott a múlt. Hirtelen nem is értette, hogyan kanyarodtak ide a gondolatai, hiszen nem szokott ő már ezen gondolkodni, túllépett a régi dolgokon. Szerencsés természetűnek tudhatta magát abból a szempontból, hogy nem tapadt le sem gondolkodásában, sem magatartásban egy-egy rossz élménynél, hanem hamar átlépte azokat és teljes erővel a jövőre koncentrált.

– Akkor most miért jöttek ezek a buta gondolatok, miért rohantak meg a múlt emlékképei? – tette fel önmagának a kérdést.

– Istenem, hát persze! Hiszen édesanya most említette – villant agyába a felismerés –, hogy Gézust látta a saját szobája ajtajában! De hogy járhatott most az itt? Hogy láthatta őt Mami olyan tisztán? Hiszen több mint két évtizede már, hogy halott az a férfi – sorjáztak egymás után gondolataiban a megválaszolhatatlan kérdések.

Ugyanakkor gondolatai hirtelen meg is ijesztették, mert általuk valami ismeretlen, furcsa érzés fogta el, amibe bele is borzongott. Aztán mégis lezárta magában az ügyet azzal, hogy édesanyja bizonyára álmodott.

Visszarugaszkodott hát a jelenbe, és tette a dolgát. Ellenőrizte a szoba hőmérsékletét. 24 Celsius-fokot mutatott a hőmérő. Nagyon vigyázott, hogy ez alá soha ne süllyedjen, mert a megfázás édesanyja cisztás veséjének sem tett volna jót, és immunitását is legyöngíthette.

Dolga végeztével átment irodájába, bekapcsolta számítógépét, megválaszolta a leveleket. Jól sejtette, már jöttek a szállásfoglalások. Persze, magyar most sem jelentkezett, minden jelentkező holland volt. Kíváncsi volt az idei év alakulására, mert ez a 2009-es év még mindig a gazdasági válság része világszerte. Számolt vele, hogy az a kevés magyar vendég is elmarad idén, akik korábban már felfedezték és látogatták bungalow parkját.

Nem is emiatt aggódott igazán, hanem a németek miatt, mivel vendégkörének zömét ők tették ki. Attól tartott, ha a németek nem érkeznek meg, összeomlik a vállalkozása, nem tudja túlélni ezt az évet. Komolyan latolgatta, érdemes-e tartalékait a kemping túlélésére fordítani. Titokban azért remélte, hogy nem következik be tragédia a forgalmat illetően. Az ember valahogy mindig valami csodára vár, ami a reményre ad okot. Mire befejezte az adminisztrációt, hallotta az ismert neszt, ahogyan az elektronika eltolja a nagy, lomha, kovácsoltvas kaput és szabaddá teszi a bejárást.

– Megérkezett Kati – nyugtázta magában, és ezzel fel is állt az íróasztal mellől.

Még bekukkantott édesanyja szobájába, mert meg akarta nyugtatni, hogy amint kiadta a munkát Katinak, rögtön jön őt ellátni. Meglepődve tapasztalta, hogy édesanyja ugyanúgy aludt, mint ahogyan két órával előbb otthagyta. Bizonytalanság fogta el, nem tudta, mitévő legyen. Ébressze-e föl vagy hagyja tovább aludni? Végül úgy döntött, vétek lenne megzavarni a nyugodt alvást.

Kati most is, mint mindig, vidám, széles mosollyal köszöntötte. Ő mindannyiszor elcsodálkozott ezen az életvidám nőn, hiszen tudta, mennyi gondja van. A férje munkanélküli, az adósságaik az égbe nyúlnak, az árverezés, mint Damoklész kardja lóg a fejük fölött. Kati mégis rendíthetetlenül vidám és feldobott. Most is azonnal gyermekeiről kezdett túláradó szeretettel mesélni. A nő hallgatta, hallgatta, és arra gondolt, milyen jó Katinak, hogy fel sem méri problémáinak súlyát. Aztán mindjárt el is szégyellte magát gondolatai miatt. Dehogynem méri fel! Bizonyára éppen elkeserítő helyzetét kompenzálja az örökös felfokozott, vidám hangulattal, no meg azzal a néhány pohár borral, amit időnként, vagy inkább majd minden reggel felhörpint. Sajnos mindig enyhén illuminált állapotban érkezik. De el kell neki nézni ezt a hibát, mert mindezek ellenére szorgalmas, és a képességeitől kitelő maximummal dolgozik. Teherbírása hatalmas, nincs annyi túlóra, amit el ne vállalna. Szüksége van a pénzre is, de az elfoglaltságra is, ami egyfajta menekülés a gondok és az alkohol elől.

Kati fölajánlotta, hogy bemegy a Mamát megmosdatni, de Dóra elutasította. Arra kérte, hogy inkább a Gizella apartmant kezdje el takarítani, mert a gázfűtéses lakásokba most már – így szezonkezdés előtt is – bármikor, előzetes bejelentkezés nélkül, egyszerűen az utcáról is érkezhet vendég.

Egyébként ez a lakás volt a kempingben az első, melyet vendégszállás céljára létesítettek. Nem volt kérdéses az elnevezése: Dóra a saját édesanyjáról adta a nevet. A második lakás pedig anyósáról a Terézia nevet kapta. Ezt követően egy Veronika faház következett, az egyetlen kislány unoka után. Majd, ahogyan gyarapodtak a lakások és faházak, úgy használta fel sorra a fiú unokák neveit is. Andri, Laca, Tomi, Dörmi. Mígnem végül a fiúnevek is elfogytak, így hát a virágnevek sora nyílott meg : Jácint, Írisz…

Miután eligazította Katit, lezuhanyozott, majd mosdóvizet készített, és bevitte édesanyja szobájába. Többnyire ágyban végezte a mosdatást, mert csak nagyritkán tudta rávenni a beteget, hogy az egyik zuhanyfülkébe elhelyezett műanyag székre ültetve, óvatosan végigzuhanyozza a gyönge kis testet.

Ebben a mostani „alvós" állapotban pláne, hogy szóba sem jöhetett a kimozgatás. A szobába benyitva tapasztalta, hogy édesanyja most is még mindig mélyen alszik. Jobbnak látta hát hagyni. Csak akkor kezdett el komolyan aggódni, amikor a falon lógó antik óra már a tízet is elütötte, de édesanyja még mindig olyan mélyen aludt, hogy szólongatásra sem ébredt fel.

Nyugtalansága egyre nőtt. Nem tudta, mitévő legyen. Ráadásul így mindkettőjük napirendje is felborult. Szeretett volna a városba is elmenni, elintézni a beütemezett ügyeit, de nem akart elindulni, mert nem merte reggeli nélkül hagyni az alvót. A mosdatást ugyan rá tudta volna bízni Katira, de a reggeliztetést nem. Édesanyja ugyanis nem fogadott el idegentől ételt, roppant finnyássága és tisztaságigénye miatt.

Így hát – jobb híján – újra számítógépe mellé ült és folytatta az irodai munkát, bármikor ugrásra készen az ébredés neszeire.

Munka közben az idő gyorsan repült. Mivel nem hallott a szobából zajt kiszűrődni, időről időre felállt, és benézett, de mindig ugyanaz a kép fogadta. A mély, nyugodt alvás.

Már a delet is elütötte a falióra, az ebédet is meghozták, de édesanyja csak nem ébredt fel. Ő pedig egyre idegesebb lett. Nem tudott már tovább várni, úgy gondolta, itt az ideje, hogy felébressze az alvót. Előbb csak megsimogatta a fejét, arcát, kezét és becéző szavakkal próbálta kieszközölni az ébredést, de hiába, sokáig semmilyen reakció nem érkezett. Amikor végül kissé megrázta édesanyja vállát, ő csukott szemmel csak annyit dünnyögött:

– Alszom még...

Dóra fellélegzett, mert még ez a két rövid szó is nyugtatóan hatott. Biztató volt ez a reakció, ez a kevéske kontaktus, ami a semminél azért jóval több volt. Nem erőlködött tovább az ébresztéssel, hozzákezdett a mosdatáshoz. Óvatosan leemelte a paplant, elvégezte a legszükségesebb teendőket. A biztonság kedvéért hőmérőzött még, kitapogatta a pulzust, ellenőrizte a szoba hőmérsékletét, és mivel mindent rendben talált, hagyta, hogy innentől a zavartalan álom léptesse tovább az óra mutatóját. Annyira békés volt az alvás, és rendben volt a pulzus is, és a légzés is, hogy viszonylag megnyugodva hagyta el a szobát.

Az idő a megszokott ütemében haladt előre, már a délutánba is belegyalogolt, de az alvó csak nem ébredt fel. Pár perc megszakítással már 24 órája aludt. Dóra nyugtalansága csak akkor ébredt fel igazán, és innentől kezdve egyre fokozódott, amikor az este elkezdte szürkébe öltöztetni a nappali fényeket. Valami újfajta érzés, a szokatlanság kellemetlen bizonytalansága kerítette hatalmába, míg aggódása végül sötét félelemmé mélyült. Attól tartott, hogy az éjszaka váratlan, ismeretlen eseményt hoz, amit nem tud megoldani, mert nem volt még semmilyen sztereotípiája erre a most kialakult helyzetre. Átfutott az agyán, hogy milyen egyszerű lenne, ha a szokásos problémák valamelyikével állna szemben. Pillanatokon belül tudna dönteni és megoldást találni hasmenésre, lázra, megújult fájdalomra. De ez most, ez az alvós állapot és az étkezés teljes kihagyása valami más, ilyet még sohasem tapasztalt.

Ráadásul annyira egyedül volt! Feszültségét próbálta azzal oldani, hogy fel s alá járkált a sötét udvaron, majd a kihalt utcán. Máskor a csönd, a sötét, a magány megnyugtatták, örömmel töltötték el, sőt gondjaiban felszabadító gondolatokat, jó ötleteket hoztak. De most ez sem segített. Hiába rótta a köröket, nem tudott megnyugodni, csak magányos tanácstalansága nőtt. Jó lett volna valakivel beszélni, valakitől kérdezni, tanácsot kapni, de nem volt kitől. Mit tegyen? Mi lesz, ha éjszaka állapotromlás következik be? Hívja az orvosi ügyeletet? Mit mondjon? Azt, hogy alszik a 88 éves édesanyja? Valószínűleg azt mondanák, hogy az éjszaka arra való.

Aztán a lányaira gondolt, és megjelent lelki szemei előtt a családi esti élet, a gyermekek, a vacsoráztatás, fürdetés, fekvés, esti ima… – rajzolódtak ki lelkében a jól ismert képek egymást követve. Nem volt szíve a telefonálással megzavarni őket. Testvéreit is számba vette. Az egyik kétszáz, a másik hatszáz kilométerre innen. Csak jól felzaklatná őket, kellemetlen helyzetet teremtene, de segíteni mit tudnának?

Bár a férje nem szeretett így távolból tanácsokat adni, még kevésbé diagnózist felállítani, mégis úgy döntött, hogy őt hívja fel. Ő az, aki legjobban ismeri, és ő az, aki 30 éve kezeli anyósát. Igaz, tartott tőle, hogy haragudni fog, amiért ilyen későre hagyta a telefonálást, mégsem késlekedett tovább, benyomta mobilja gyorshívó gombját. Tüzetesen elmondta a napi történetet. Meglepődött és már akkor rosszat sejtett, amikor azt tapasztalta, hogy férje, rá nem jellemző módon, nagyon türelmesen hallgatja végig, még az ismétléseknél sem szakítja félbe. Meglepetésében elnémult.

Ezt a csöndet ragadta meg a vonal másik végén lévő férfi:

– Hagyd őt aludni, nem kell tenned semmit! Arra vigyázz, hogy ne száradjon ki! Ha pedig végképp nem akar inni, és továbbra is ilyen békésen alszik, semmivel ne erőltesd, ne rázogasd, ne ébresztgesd! Tudod, hogy én csak pénteken megyek hozzátok, ezért, ha esetleg rosszabbodni látod az állapotát, hívd az ügyeletet vagy a helyi orvost! – Majd pici szünetet tartott, mint aki elgondolkodik és folytatta. – Bár, ahogyan elmondtad, szerintem erre sincs semmi szükség, mert nem hiszem, hogy akár én, akár más képes bármit is tenni. Próbálj meg nyugodt maradni, átgondolni a helyzetet és tudomásul venni, hogy ez az élet rendje, egyszer mindannyian távozunk, még a Mama is! Lehet, hogy ő éppen most, lehet, hogy még később, de hidd el, semmit sem tudunk tenni. Vedd végre tudomásul, hogy attól, hogy ő a te anyád, ő sem kivétel, nem tarthatod örökké itt! Én a helyedben semmit sem tennék, csak türelmesen várnék. Azt tanácsolom, gondold végig, és hagyd őt szépen elmenni! Nincs annál szebb halál, mint békésen elaludni. Add ezt meg neki! – kérlelte.

– Persze, eléggé ismerlek ahhoz – váltott a hangja előbb csak szemrehányóra, majd erélyesre –, hogy tisztában legyek vele, te nem fogsz rám hallgatni, nem fogod engedni szépen, méltósággal elmenni. De akkor meg minek hívsz engem? Mit vársz tőlem? Úgyis azt teszed, amit akarsz, úgysem hiszel nekem!

A könyörtelen mondatokat hallva, Dóra kiejtette kezéből a telefont. Amikor lehajolt és felvette a földről, még hallotta a férje hangját, de már nem akarta hallani. Kinyomta a gombot és zsebébe csúsztatta az akkor már néma készüléket, mert mindkét kezére szüksége volt, hogy lüktető halántékát nyugtassa. Forgott vele a világ. Ránézett édesanyjára, aki békésen, kipirult arccal aludt, mint egy csecsemő. Ezt látva mégis némi nyugalom szállta meg és arra gondolt – mert arra akart gondolni –, hogy a férje bizonyára téved, hiszen nem látja azt, amit ő lát. Édesanyja csak alszik, méghozzá nagyon nyugodt, mély alvással.

Nem lehet ilyen nyugodt, nem lehet ennyire békés az, aki távozni készül! – áltatta magát. – Meg egyébként is, nem is lehet kétszáz kilométerről semmit megállapítani – győzködte önmagát dühösen. Nem akart hinni a férjének, és nem is hitt! De bármennyire is nem hitt, illetve nem akart hinni, mégsem merte magára hagyni az alvót.

Áthozta saját ágyneműjét édesanyja szobájába és megágyazott magának a kanapéra. Hiába feküdt le, nem tudott elaludni, mert újra és újra fülében csengtek férje könyörtelen mondatai, amikért most annyira tudta gyűlölni.

– Milyen érdekes – gondolta –, egy órával ezelőtt még arra vágytam, hogy beszéljek valakivel, tanácsot kapjak, most meg szeretném elfelejteni a hallottakat.

Persze pontosan tudta, az a baj, hogy nem azt hallotta, amit hallani szeretett volna. Abban a reményben kapcsolta be a tévét, hogy elmlereli vele gondolatait, elfelejti a hallottakat. Olyan halkra vette a hangot, hogy még suttogásnak sem volt nevezhető. Ide-oda cikázott a csatornák között, de sehol sem talált olyan műsort, ami érdekelte volna. Ezért is, meg azért is, mert mégis úgy érezte, annyira fáradt már, hogy ringatás nélkül is el tud aludni, mégis kikapcsolta a készüléket. Csak egy gyönge fényű helyzetjelző éjjeli lámpát hagyott világítani.

Az éj közepén hirtelen arra ébredt, hogy édesanyja szólongatja:

– Dórika! Dórika!

– Tessék, Édesanyám, mi baj van? – pattant föl a szemhéja.

– Jaj, kislányom, hát itt áll az ágyam mellett ez a nő, és nem tudom, mit akar – panaszolta siránkozó hangon.

– Nem mond semmit – folytatta.

– Hiába kérdezem, hogy ki ő és miért jött, csak áll itt, és néz engem csöndben, nagyon békésen, szó nélkül. Sokáig nem akartalak felébreszteni, mert azt hittem, hogy úgyis elmegy, vagy történik valami. De már olyan régen itt áll, és én hiába kérdezem, nem válaszol, a szeme sem rebben. Kérdezd már meg tőle te is, hogy mit akar, hátha neked válaszol – fogta könyörgőre.

Dóra ugyan senkit sem látott ott, de hogy megnyugtassa édesanyját, feltette a kérdést.

– Látod – diadalmaskodott –, neked sem válaszol! Rád sem néz, mintha nem is beszéltél volna hozzá. Csak engem néz! Olyan… olyan, mintha csak hozzám jött volna. Rólad tudomást sem vesz. De azért mégis jó, hogy rákérdeztél, mert nézd csak, most lassan megfordul, és kifelé indul a szobából. Óvatosan fordul és puhán lépdel, nehogy zavarjon bennünket. Látod? Látod te is? Már nincs is itt! Nahát! – csodálkozott.

– Érdekes, most hogy elment, olyan hiányérzetem van. Mert valahogy olyan biztonságot és nyugalmat sugárzott. Vajon mit akart? Ki lehetett? Mondd csak, ki volt ő? Te ismered? – záporozta a nyugtalan kérdéseket.

– Nem, dehogyis! – tiltakozott Dóra zavartan.

– Azt hittem, te ismered, hiszen hozzád jött.

– Ugyan, dehogy! – háborgott a Mami.

– Most láttam először. Bejönni nem is láttam, csak azt vettem észre, hogy egyszer csak itt van, megáll az ágyam mellett, kissé előrehajtott fejjel néz rám és csak vár türelmesen. Olyan régen ott állt már! Hosszú ideje csak vártam, vártam, hogy megszólaljon, de nem, csak állt itt némán, nézett rám, figyelt engem és nem mondott semmit. Egyenes tartású, kortalan, békés arcú, egyszerű nő. Tudod, nem zavart, mert igazán olyan volt…, olyan, mint akiből sugárzik a szeretet… – emlékezett elgondolkodva, még mindig az álom és ébrenlét közötti állapotban. Majd, valamivel később, már teljesen kizökkenve álmából kis felháborodással folytatta:

– Egyáltalán, hogy lehet az, hogy csak úgy bejöhet bárki a szobámba? Miért járhat be ide akárki? Ez mégiscsak az én szobám! – méltatlankodott.

– Miért nem zárod be az ajtókat rendesen? Nincs itt senkinek keresni valója rajtunk kívül! Na, jó… – enyhült meg – egyedül talán csak Katinak. Ő az egyetlen olyan alkalmazottad, akire számíthatok, aki engem rendesen el tud látni. Igaz, mindig meg is jutalmazom. Nagyon tud örülni a pénznek, hála Istennek! Így legalább lelkiismeretes. Sajnos a legtöbbje még pénzért sem az. Kati a ritka kivétel, aki erősíti a szabályt. Tudniillik, hogy minden alkalmazott fizetett ellenség. Sose hagyd magad megtéveszteni, bármilyen kedvesek is legyenek a szemedben! Egyetlen mottó van csak: fizesd meg jól, és akkor megkövetelheted a rendes munkát! De ennél semmi több! Semmi közelebbi nexus, mert előbb-utóbb úgyis visszaélnek vele. Egyik sem bocsátja meg neked, hogy nem a te helyedben van – zsörtölődött és osztotta a tanácsokat már teljesen éberen. Kis szünet után felvidulva folytatta:

– Nini, most látom, itt fogsz aludni? Na, ennek igazán örülök! Olyan rossz, ha nincs itt senki, nincs kivel beszélgetni. Nyugodtan kapcsold be a tévét magadnak, ha akarod.

– Nem, nem! Félek, zavarnálak vele, inkább nem kapcsolom be – tiltakozott a lánya.

– Ó, miattam ne izgulj! Tudod, hogy engem nem zavar. Ha akarok, úgyis alszom, ha meg nem vagyok álmos, akkor nézem én is.

– Jó, akkor keresek valamit, ami mindkettőnknek tetszik – ajánlotta a lánya.

– Ezzel ugyan ne foglalkozz, nekem teljesen mindegy, milyen műsor megy, mert úgysem fogom figyelni. Csak hagyd bekapcsolva, néha hátha odapillantok. Én inkább pihenni fogok közben, mert borzasztóan elfáradtam. Álmomban olyan nagyon messze jártam! Olyan sok mindent láttam, rengeteg dologgal és emberrel találkoztam, teljesen belefáradtam. Nem is értem! Én nem szoktam ilyen sokat álmodni. Sőt, még ha álmodom is, mire felébredek, többnyire elfelejtem. Most meg annyira tisztán emlékszem mindenre... Tudod, egészen úgy érzem, mintha nem is álom lett volna, hanem a valóságban csináltam volna végig egy nagy-nagy utazást – mesélte, és kimerültségében lazára engedte izomzatát.

Lánya biztos volt benne, hogy a rengeteg álom fárasztotta ki édesanyját. Jobb lett volna pihenni hagyni, de kíváncsi volt, annál is inkább, mert már régóta szokásuk volt, hogy elmesélték egymásnak álmaikat, amit aztán megpróbáltak közösen kielemezni, megfejteni. Rákérdezett hát:

– Ismerted azokat a helyeket, ahol jártál, vagy az embereket, akikkel találkoztál?

– Nem, senki sem volt ismerős – tiltakozott, majd lehunyta szemét és hosszasan elgondolkodott. Érezni lehetett, ahogyan emlékezni próbál, ahogyan felidézi magában az élményt. Majd, ahogyan sorban megjelentek az emlékek, csöndesen, lassan folytatta:

– Nem, de valahogy mégsem voltak idegenek. Úgy érzem, mégis ismertem őket, csak az nem jut eszembe, hogy honnan... Úgy képzeld el, hogy olyan volt az élmény, mint amikor az ember egy folytatásos regényt olvas, és a második kötetben már ismerősnek tűnnek a szereplők. Olyanok, mintha már találkoztál volna velük korábban, pedig nem, mert csak a képzeletedben vannak jelen. Ugyanígy vannak az álombeliek is itt a képzeletemben. Ismerem őket valahonnan... Csak nem emlékszem, honnan... Majd, ha eszembe jut, elmondom neked – fejezte be akadozva monológját és elpilledt.

Dóra hagyta megpihenni, csak akkor szólalt meg újra, amikor látta, hogy ismét kinyitja a szemét.

– És a helyek, ahol jártál? Sején, Kisvárda, Debrecen, Budapest, Kaj...? – sorolta édesanyja életének állomásait.

– Nem! – vágta rá alig érezhető ingerültséggel a hangjában. – Nem ilyen helyek! Amiket te most említesz, azok nagyon e világiak, nem álombeliek. Ahol én jártam álmomban – lágyult el a hangja, és lassult le lélegzete – az nagyon finom, szinte szellőkönnyű közegű, csodálatos világ... Ó, ha te azt látnád! El sem tudod innen képzelni azt a gyönyörűséget, ami ott van! – mondta egyre halkabban, már-már újra elmerülve az álomban.

– De lehet, hogy igazad van, hogy mégiscsak ezek a helyek – suttogta ábrándozva és szenderegve.

– Csakhogy nem úgy, mint itt, hanem sokkal szebben, sokkal finomabban, színesebben, leheletkönnyün... Ó, ha te is láthatnád azokat a színeket, ha érezhetnéd azt a leheletfinom közeget...! Sajnos, nincs rá szavunk, nem tudom neked leírni. Oly csodás ott minden, hogy az ember visszavágyik... – aludt bele elégedett mosollyal a befejezetlen mondatba.

Lánya mégsem kapcsolta be a tévét, de az éjjeli lámpát égve hagyta. Annyira megérintette édesanyja elbeszélése, hogy zavarta volna gondolatait a tévé halk hangja is, és a kép vibrálása is. Nézte, nézte az alvót, és közben az álom járt a fejében. Nem tudta megfejteni. Csak azt tudta biztosan, hogy édesanyja alig várta, hogy visszaaludhassa magát oda, abba az álombeli világba, ahonnan éppen csak az előbb ébredt fel.

Ő nem feküdt vissza, a kanapén ülve elkezdte visszapörgetni magában az eseményeket. Nappal egyéb irányú elfoglaltságai miatt nem volt erre ideje, de a csöndes, sötét éjszaka megadta a lehetőséget. Töprengve összegezte a hallottakat: előbb Gézus jelent meg, majd egy idegen, tiszta tekintetű, szeretetet sugárzó nő, végül pedig a nagy utazás. Mindehhez mint kontraszt társult férje kegyetlen realitása. Elgondolkodott. Hallott arról, vagy talán olvasott valahol róla, hogy a távozni készülőket a másik dimenzióba kísérők segítik át. Talán az idegen nő a kísérő lenne? Hú! – fújta ki dühösen magából a feszültséget, amivel elhessegette ennek a tézisnek még a felmerülését is.

– Lehetetlenség! – püfögött magában. Hiszen, ahogyan édesanyja elmesélte, a tiszta tekintetű nő nem csinált semmit, csak állt az ágya mellett, és csupán nézte őt békésen. Lehetett ez tényleg csak egy egyszerű álom, és amikor édesanyja felriadt, az álom szertefoszlott, az ébredő pedig azt hitte, hogy az a személy elment. Igen, így volt, nem lehetett másképp! – szögezte le racionális gondolatatait. De bármennyire győzködte magát igazáról, mégsem tudott megnyugodni, szükségét érezte további, e világi, logikus ideológiák gyártásának.

– Ugyan már, szó nincs itt kísérőről meg távozásról! Ebben a családban ez a kor túl fiatal a távozáshoz. Hol van még az én édesanyám a haláltól!? Még csak 88 éves! Az ő édesanyja 94 évesen, míg legidősebbik nővére 96 évesen halt meg. A bátyja hasonló korú volt ugyan, mint most ő, de hát a férfiak korábban halnak. Igaz, hogy két évvel ezelőtt másik nővére – Magdika – 88 évesen távozott, de ő a kivétel! Édesanya még nem mehet el! Mindent megteszünk érte, lessük a kívánságait, még a gondolatait is igyekszünk kitalálni és teljesíteni. Nem, szó sincs kísérőről! Szó sincs halálról! Álom volt csak! – szögezte le újra magában.

Végül, mégsem annyira megnyugodva, mint inkább kimerülve dőlt végig a kanapén. Hajnalodott már, illő volt egy keveset aludni, hisz másnap rengeteg teendő várja: nyolcra jön az udvari munkás, meg kell szervezni a munkáját… a vízszerelőt is hívni kell, hogy az őszi víztelenítést helyre állítsa… a medencecsiszoltatás…, festékvásárlás… – sorakoztak álmos agyában a sürgős feladatok. Túl fáradt és elcsigázott volt, még mielőtt a felsorolás végére ért volna, visszaaludt.

Hajnali öt órakor mégis fölpattant a szemhéja. Egyébként rengeteget tudott aludni, de ha teendői voltak, mindig korán ébredt. A korai kelés meghosszabbította a napokat. Mellette az ágyon édesanyja ugyanúgy aludt, mint ahogyan az éjjel elkezdte, békés, nyugodt, mély alvással. Még testhelyzete sem változott.

Az új nap ugyanúgy kezdődött, mint a többi, mintha csak egy előre megírt forgatókönyv ismétlése lenne. A kutyák, a macskák, a komputer, az alkalmazottai… Kati ismét azzal kezdte a napot, hogy felajánlotta, bemegy a Mamához és elvégzi a mosdatást, de Dóra elutasította, inkább maga végezte el ezeket a teendőket. Már sokkal bátrabban, szinte rutinnal nyúlt a feladathoz. Mosdóvizet készített, óvatosan vetkőztetett, mosdatott, tisztázott, öltöztetett. Édesanyja békésen dünnyögött valamit, de gyakorlatilag folyamatosan tovább aludt. Amikor elvégezte az utolsó simításokat is, elővett egy rostos ivólevet, a szívószálat az alvó ajkai közé dugta, és a kis arcot simogatva szívásra ösztökélte, épp úgy, mint a lusta újszülötteket szokás. Az alvó szívott, nyelt és szívott és nyelt, amitől Dóra egészen felvidult.

– Hála Istennek, legalább nem fog kiszáradni! – futott át a gondolat az agyán.

Majd leült a kanapéra, elővette az imakönyvet. De hamar felállt, mert valami eszébe jutott. Átment a másik helyiségbe és gyertyákat szedett elő, amiket az asztalra helyezett. Aztán a falat befedő pohárpolchoz lépett, szinte oda sem nézve, rutinnal nyúlt fel, leemelt egy kis, hosszú nyakú, alul öblös üveget, amiben szenteltvizet tartott.

Két évvel ezelőtt zarándokúton járt Máriapócson, onnan hozta magával. Akkor, hazaérve, rögtön megszentelte a területet és az épületeket. Máskor is, mindig újra ezt tette, ott és akkor, ahol és amikor szükségét érezte. Úgy, mint most is.

Megszórta a gyertyákat is, és csak ezután gyújtotta meg őket. Kereszteket szórt édesanyja szobájába is, aztán visszatette a kis üveget a helyére a polcon. Már behunyt szemmel sem vétette volna el a helyét.

Ismét visszament édesanyja szobájába, leült a kanapéra, felnyitotta az imakönyvet, ahol a betegekért szóló imát találta, és fennhangon olvasni kezdte. Ezután elimádkozta a Miatyánkot, az Üdvözlégyet és a Hiszekegyet. Annyiszor ismételte az imákat, amíg bele nem fáradt. Zsongott a feje, amikor végül letette az imakönyvet. Kis ideig elnézte még a békésen alvót, majd felállt, és halkan kilépett a szobából.

A másik helyiségben megállt az égő gyertyák mellett. Nem akarta eloltani őket, hagyta, hadd fogyjanak a csonkjukig. A lángok vonzották a tekintetét, csak állt ott, belemerengve az apró fényekbe. Gondolatai az álomvilágába csúsztak vissza, oda, ahová édesanyja elbeszélései kalauzolták.

Jó ideje már, hogy révedezett a fényekben és az álmokban, és még sokáig ott is maradt volna, ha a változás nem készteti ocsúdásra. Az egyik gyertya egyre sorvadó fénye törte meg a réveteg varázst. Nem aludt ki azonnal, csak lüktetni kezdett a láng, és egyre kisebb és kisebb lett. Bár nem csodálkozott ezen, hiszen tudta, nem kell az égésnek egyenletesnek lennie, mégsem volt képes levenni szemét a sorvadó kis lángról.

Sokkal inkább azon lepődött meg, hogy jobb karján erős, téli-hideg fuvallatot érzett végigsimítani. Beleborzongott! Ebben a pillanatban a kicsi gyertya lángja végleg kialudt.

– Mi ez? – döbbent meg. Szétnézett a szobában, nyitva van-e valamelyik ajtó vagy ablak, de semmi, még csak a bejárati ajtó sem volt nyitva, a levegő nem mozdulhatott, mivel minden más nyílászáró is csukva volt. Kint pedig nyugodt mozdulatlanságban pihent a lég, szél még csak nem is lebbent.

– De ha kint szél lenne is, akkor sem érhetné el a gyertyákat, mint ahogyan eddig sem érte el – elmélkedett magában. Ugyanakkor – bármennyire logikátlan volt – mégsem gondolhatott másra, mint hogy mégiscsak kintről csapódhatott be valami hirtelen mozduló fuvallat, ami eloltotta a lángot. Azért a kétely mégis ott motoszkált a fejében: miért csak ezt az egyet, éppen a kör közepén állót fújta el? A szélsőket vajon miért nem? – és nézte tovább, ahogyan az összes többi gyertya változatlanul, vidáman lobogtatta forró fénycsóváit.

Némi tétovázás után, felülről közelítve a gyertyákhoz, óvatosan benyúlt közéjük és kiemelte az elaludt legkisebbet, aztán egy másik lángjánál újra gyújtva visszahelyezte a kör közepére. Megelégedve és gyönyörködve nyugtázta, hogy már a kicsi gyertya is ugyanolyan fényesen csapkodja forró üstökét, mint társai. Révedezése közben akaratlanul dörzsölgette jobb karját, ami még mindig fázott, és még mindig hideg volt.

De nem volt ideje a további töprengésre, mert Kati robogott be nagy vidáman.

– Jaj, itt van, főnök asszony? Már voltam itt az előbb is, de láttam az égő gyertyákat, így nem mertem bekopogni. Mi az? Csak nincs valami baj a Mamával? – darálta egy szuszra.

– Alszik – dünnyögte Dóra.

– Elkezdtem a Veronika faház takarítását, mert nem tudtam magától megkérdezni, hogy mi a következő feladat. Már be is fejeztem! – darált tovább ismét Kati.

– Jól tetted! Akkor most a Terézia faház következik. Az udvari munkásnak pedig mutasd meg légy szíves, hogy a jobb oldalon kezdje a kaszálást! – adta ki ötletszerűen a feladatokat, hogy mielőbb megszabaduljon Katitól. Borzasztóan zavarta most ez a nagyon eleven, nagyon valóságos, életszerű hang. Az ő gondolatai még valahol az ismeretlenben voltak elmerülve, amit megpróbált megérteni vagy legalább valami kapaszkodót találni benne a megértéshez.

Kati viharos fellépése úgy hatott, mint amikor a csöndes állóvízbe kavicsot dobnak. Megzavarta, összeborzolta a felszínt, de a mély sértetlen maradt, gondolatai továbbra is az elvont világban maradtak. Nem volt még képes a hétköznapi dolgokra koncentrálni. Visszalépett az asztalhoz és újból a kis gyertyára meredt, ami ismét láng nélkül állt a többiek között. Odanyúlt, felemelte és vizsgálgatni kezdte a kanócát, de nem látott rajta semmi rendellenest.

Csak jobb karján érezte még mindig a nem csökkenő hideget.

Ekkor megszólalt a mobilja, így nem volt ideje tovább foglalkozni a kis gyertyával. Nem is tette vissza a többi közé, hanem a szekrényre állította.

Peti – olvasta le mobilján a nevet. Az öccse hangja üdítőleg hatott. Mindig vidám, mindig olyan, mint akinek semmi gondja nincs. Teli energiával, tettrekészséggel, újabb és újabb tervekkel. Csak két évvel volt fiatalabb Dóránál, de vitalitása legalább tízzel. Pedig mozgékonyságban nővére is bőven felülmúlta kortársait.

A két testvér óriási távolságra lakott egymástól. Ha meg akarták egymást látogatni, hosszában az egész országot át kellett szelni, hiszen az öcs Szabolcs megyében, pontosan a román határnál élt családjával. Szerencsére a telefon lerövidítette a távolságot.

Peti izgatottan tudósított, hogy néhány nap múlva Zala megyébe jön dolgozni egy hollandhoz. Nővére jól ismerte a holland urat, hiszen az öreg matematikus már évek óta visszatérő vendége volt kempingjének. Évről évre minden tavasszal, és néha ősszel is, ugyanazzal az öreg kis autóval és ugyanolyan öreg kis lakókocsijával érkezett. Mindig egyedül, társ nélkül jött, és látszólag nagyon jól érezte magát így is. Magánya sohasem untatta, nem kereste más vendég társaságát sem. Egyetlen szórakozása az volt, hogy időnként beült az internet-coffe-ba ,órákig elbíbelődött ott, majd pontosan kiszámolva a díjat, a komputerasztalon hagyta a pénzt és szó nélkül távozott lakókocsijához. Dóra már meg sem számolta a kitett pénzt, csak egyszerűen besöpörte pénztárcájába, mert tudta, hogy az hajszálpontos, se több, se kevesebb, mint amennyi jár.

Amíg végül a tavalyi évet viszont a hollandus a meglepetések évévé léptette elő. Az egyik meglepetés az volt, hogy már nem egyedül, hanem egy nem túl ápolt, igen elhízott, nálánál 20 évvel fiatalabb thaiföldi nővel érkezett, akit büszkén mutatott be mint újdonsült barátnőjét. Dóra igencsak meglepődött, mert ennél azért sokkal igényesebbnek gondolta a hollandust. Küllemre óriási volt a két ember között a színvonalbeli különbség, ennek ellenére is a tökéletes harmónia és megelégedettség sugárzott kapcsolatukról, mert mindketten azt kapták a másiktól, amire vágytak. Az öreg matematikus asszonyra és egyben egy olyan strapamancira, aki ellátja és gondozza őt most és a jövőben is. A nő biztonságra, társra és arra áhítozott, hogy elhagyhassa szülőhazáját és az otthoni kevéske javait, mint indulótőkét, a fiának hagyhassa. Összejött a dolog, mindkettő terve magvalósult. Nem akartak ennél többet, nem voltak már túlzó vágyaik. Még a nyelvi problémák sem jelentettek gondot számukra, bár egyikük sem beszélte a másik anyanyelvét, mégis megértették egymást. A nő angolul, a férfi pedig németül szólt a másikhoz. Talán az is mindegy lett volna, ha a saját anyanyelvüket használják! A kommunikáció valószínűleg a szavakénál egy magasabb szinten zajlott közöttük.

A másik meglepetés az volt, hogy a holland úr sebtében vásárolt magának itt a megyében egy lerobbant, nagyon öreg kis parasztházat, aminek egyetlen porcikája sem volt ép, mármár düledezett. De az öreg hollandus fantáziát látott benne!

A két testvér – ki-ki a saját érdekeinek megfelelően – nagyon örült ennek a házvásárlásnak. Peti azért, mert megkapta a ház teljes körű felújítási és továbbépítési munkálataira a megbízást, nővére pedig azért, mert így öccsét a közelben tudhatta.

Édesanyjuk kedvenc gyermeke Peti volt. Dóra nem volt féltékeny, hiszen tudta, hogy ő szeretve van, amennyire csak szeretve lehet egy gyermek, de öccsét édesanyjuk nemcsak szerette, hanem imádta, oly mértékben csüggött rajta, ami emberi ésszel szinte felfoghatatlan.

Dóra gyakran hasznot húzott ebből a ragaszkodásból, ha édesanyjuk állapota rosszabbodott. Nem egyszer előfordult, hogy azért hívta el öccsét, mert édesanyjuk javulását remélte a találkozástól. Kivétel nélkül minden alkalommal remekül működött ez a taktika. Az öcs is tisztában volt ezzel, és sohasem utasította vissza a kérést. Most is – meghallgatva nővére beszámolóját – azonnal fölajánlotta, hogy néhány nappal előbb érkezik, hogy édesanyjuk mellett lehessen. Dóra nem érzett lelkiismeret-furdalást, amiért váratlan terhet rótt a másikra, hanem inkább szárnyalt, mert bízott öccse gyógyító energiájában.

Mielőbb szerette volna megosztani édesanyjával az örömhírt, hogy előrevetítse az érkező energiát, de a feladat végrehajtása nehezebbnek bizonyult, mint azt hitte, mert édesanyjuk változatlanul csak aludt és aludt.

Mind a napok, mind az éjszakák alvással teltek sorban egymás után. Néha sikerült a szívószálas itatás, de az etetés egyáltalán nem. Érdekes módon édesanyjukon mégsem mutatkozott fogyás.

Viszont amikor elérkezett a péntek, az alvó mintegy varázsütésre felébredt, és fürdőt, tiszta pizsamát, tiszta ágyhuzatot kért. Ez a lázas készülődés a vejének szólt, akit nagyon várt minden pénteken. Szemlátomást erőt merített a találkozásból.

Lánya nem ellenkezett, nem bizonygatta, hogy fölösleges az ágynemű- és pizsamacsere. Azonnal a fürdetéshez kezdett, lecserélte az előző nap ráadott, még meg sem gyűrődött pizsamát és az ágyhuzatot is. Fehér damaszthuzat – csakis mindig damaszt – volt a rendelés. Kék frottírpizsamára és fehér zoknira szólt a további óhaj. Dóra boldogan tüsténkedett, édesanyja pedig mesélni kezdte újabb álmait.

– Tudod, kislányom, megint Sejénben jártam. Nem szoktam én a temetővel álmodni, de most ott voltam, és olyan szép, olyan csodálatos volt az a temető! Sejénben mindegy, hogy tél van, vagy nyár, ott mindig nyílnak a virágok a sírokon. Nagyon törődők azok az emberek. Valahogy a temető kultusza hozzátartozik kultúrájukhoz. Biztosan szégyellné magát az, aki elhanyagolja a hozzátartozója sírját. Milyen jó, hogy én rátaláltam arra az Almásinéra! Küldöm neki a pénzt, és így nyugodt vagyok, édesapátok és a mamuka sírja is mindig rendben van. Arra kérlek, hogy halálom után te is tartsd meg ezt az asszonyt, ne sajnáld tőle azt a kis pénzt!

Szegény Édesanya! – gondolta Dóra. Ugyanis ő tudta, hogy hiába küldik az asszonynak a pénzt, az egyáltalán nem lelkiismeretes. Akárhányszor ellátogatott a sírokhoz, azokat mindig dudva ölelte. De nem akarta ezzel édesanyját keseríteni, mert változtatni nem tudott a helyzeten a kb. 600 km-es távolság miatt. Így hát inkább a megnyugtatásra koncentrált. Megígérte, hogy továbbra is rendben tartja a sírt. Felajánlotta még azt is, hogy új sírkövet csináltat. Édesanyja felháborodott:

– Eszedbe ne jusson! Mi értelme lenne? Az csak hivalkodás. Ezt a sírkövet én csináltattam, mindaddig le ne cseréld, amíg áll! Én ez alatt szeretnék nyugodni! Próbáld meg felcsiszoltatni, de ígérd meg, hogy nem cseréled le! Kivétel csak az, ha összedől.

A hirtelen düh elvette energiáját. Dóra bármit megígért volna, csak hogy ismét nyugodtnak lássa. Lassan, kis szünet után a háborgó mégis megnyugodott és tovább folytatta:

– Hallod, kislányom? Én nagyon sajnálom a testvéremet, Magdikát! Mind elfagytak a koszorúk, amiket a temetésére vittetek tavaly télen. Egyébként is, valahogy az az egész temetés nem tetszett nekem, nem úgy zajlott, ahogy kellett volna! Először is az a pap! – ingatta meg fektében a fejét rosszallóan.

– Az én temetésemre nehogy azt a papot hívjátok majd! Az mind szellemileg, mind testileg teljesen rokkant. Te is láttad, hogy egyszerűen összecsapta az egész szertartást. Nem is lehetett érteni a beszédét sem! Látszott rajta, alig várja, hogy mielőbb befejezze az egészet. Sietett, mintha nem tudta volna visszatartani a kisdolgát... Az igaz, hogy a nővérem már fiatalon elkerült Sejénből, nem nagyon emlékezett rá már senki, de ez nem jelenti azt, hogy ilyen tiszteletlen szertartást érdemelt volna. Nem is értem, hogy engedhette meg magának az a pap ezt a slendriánságot!? Vagy csak ennyire lenne képes? Akkor meg hogy engedhetik még mindig lelkipásztorkodni? – morfondírozott.

Lánya döbbenten hagyta abba az öltöztetést, lemerevedett és szinte dadogva kérdezte:

– Édesanyám, honnan veszed, hogy elfagytak a koszorúk virágai? Én... én erről semmit nem meséltem neked! – hüledezett, mert nagyon is jól emlékezett rá, hogy valóban így történt.

Pesten, Lauráéknál betették éjszakára a koszorúkat a tárolóba. Reggel, amikor indultak Szabolcs megyébe, a virágok még normális állapotban voltak, de a kocsi melegében lekókadtak, menthetetlenül meghervadtak. Szégyellték is bevinni a ravatalozóba, de már semmit nem tehettek. Csak akkor nyugodtak meg kicsit, amikor más, szintén messzebbről érkező rokonok koszorúit is hasonló állapotban látták. A temetésről hazaérve Dóra erről nem számolt be édesanyjának, mert nem akarta elkeseríteni, hiszen az egyik koszorút ő küldte.

– Honnan veszem? – kérdezett vissza édesanyja megrökönyödve.

– Onnan, hogy láttam! Hiszen ott voltam! – nézett meglepődve lányára. – Úgy csinálsz, mint aki nem tudja. Néha olyan butának tetteted magad, gyermekem! Jaj, kislányom, emlékezz csak vissza, hát nem én szóltam neked, hogy gombold újra a kabátodat?!

Erre már Dóra lábából kiszállt az erő, megszédülve huppant le a kanapéra, még mindig a kezében tartva a pizsamát. A temetés ugyanis, amiről szó volt, előző év februárjában zajlott le. Ő a lányával utazott oda, édesanyja viszont itthon feküdt az ágyában. Azon a napon Katit bízta meg a gondozással és felügyelettel, mivel számításai szerint ő csak éjszaka tudott visszaérni.

Amit édesanyja most vele közölt, az viszont valóban úgy történt. A szertartás alatt vette észre, hogy elcsúszott a kabátja gombolása. Akkor, ott gyorsan helyrehozta a hibát, és nem is gondolt többet rá. De erről nem tudhatott édesanyja, hiszen olyan jelentéktelen dolog volt, amiről hazatérte után eszébe nem jutott volna beszámolni. Ő mégis tudta! Úgy beszélt róla, mint személyes élményről. Döbbenete még tovább fokozódott, hiszen édesanyja folytatta:

– Látnod kellett, hogy az a pap nem is igazán a szertartással foglalkozott, hanem sokkal inkább a botjával. Hol feltette az asztalra, hol mellé állította. Szegény Magdika meg csak nézte, nézte, csóválta a fejét, de nem tehetett semmit – sajnálkozott halott nővérén, akinek a temetéséről beszélt.

– Ezért mondom neked, hogy az én temetésemre nehogy azt a papot hívd! Legjobb lenne a görög pap, K. M. Csak az a baj, hogy ő már nincs ott, elment nyugdíjba és el is költözött. Tudod, hiszen te nyomtattad ki nekem az internetről a búcsúbeszédét – gondolkodott el, majd kissé megújult erővel folytatta. – Na, egy szó, mint száz, biztos vagyok én abban, hogy meg tudod te ezt oldani! Nem is kell erről most még beszélnünk – legyintett –, mert én még nem most halok meg! Majd szólok, ha odakerül a sor – lépett túl gyorsan a témán, mint ami egyáltalán nem érdekes.

Dóra szerette volna ezt a témát jobban feltárni, de a meglepetés, amit édesanyja okozott a temetés részleteinek elmesélésével, olyannyira leblokkolta, hogy egyetlen kérdés megfogalmazására sem volt képes. Másrészt pedig azt tapasztalta, hogy édesanyja ismét végtelenül elgyengült előadása alatt, így nem volt szíve tovább gyötörni.

Gondolataiba mélyedt, és reszkető kézzel gépiesen tovább öltöztette édesanyját, aki lehunyt szemmel pihent. Izmait lazára hagyta, hogy lánya akadály nélkül mozdíthassa karjait, fejét az öltöztetés érdekében. Néhány percen át Dóra úgy érezte, hogy csak a kis, laza test van jelen, a lélek és tudat pedig valahol messze jár.

Amikor végre megérezte kezei között a másik izmainak megerősödését, édesanyja a szemét is kinyitotta és megpróbálta könyökére támaszkodva, félig ülő helyzetbe emelni magát. De a próbálkozás csak sikertelen kísérlet maradt, mert az izmok nem bírták el a súlyt. Visszahanyatlott párnájára, és a fáradtság nagy sóhajjal tört utat magának:

– Megint milyen fáradt vagyok! – panaszolta vékonyka, elnyúló hangon. – Olyan fárasztó, olyan nagy munka nekem ez a fürdés. Előtte meg az a rengeteg járkálás a temetőben! Magamat sem értem, miért kellett nekem a temetőnek minden szegletét bejárnom. Még azokat a kis zegzugokat is felkerestem, ahol valamikor gyermekkoromban bújócskáztunk. Ott voltak a testvéreim meg K. Anna is, és újra bújócskát játszottunk. Ismét olyan vidámak voltunk, mint régen. De legtöbb időt mégis a mi sírunk mellett töltöttem, mert olyan jó volt ott lenni! Olyan csodás ott minden! Ahogyan ott gyönyörködtem a síron nyíló rengeteg tarka virágban, a langyos szellő simogatta a bőrömet, a nap pedig körbeölelt a meleg sugaraival.

– Ó – vidult fel hirtelen. – Nem is mondtam még neked, hogy kivel találkoztam ott! Képzeld, ahogyan odaértem, már ott állt a sírunk mellett ugyanaz a nő, aki a múltkoriban is, és már többször is, itt ácsorgott az ágyam mellett. Most sem szólt semmit, csak már messziről felém mosolygott és állt ott tovább, merengve. Vagyis nem mosolygott, csak inkább úgy éreztem, hogy mosolyog... vagyis nem tudom elmagyarázni, de értened kell...! – zavarodott bele a kifejezhetetlenbe, majd túllépve rajta, folytatta. – Még akkor is ott maradt, amikor K. Marika odajött hozzám. Ugye, emlékszel rá? Tudod, fiatalabb volt nálad, Petinek volt osztálytársa. Szóval nagy örömmel odajött, átölelt, megcsókolt két oldalról és azt mondta, hogy nagyon örül, hogy én is hazajöttem. Nem értem, mit akart azzal mondani, hogy én is hazajöttem? Meg akartam neki magyarázni, hogy én nem maradok ott, én csak látogatóba mentem. De ekkor megjelent a férje, Z. Gabi is. Ezen annyira meglepődtem, hogy szóhoz sem tudtam jutni. Ő nem jött oda hozzám, csak a szomszédos sír másik oldalánál maradt, és onnan köszönt rám mosolyogva. Tudod, azért lepődtem meg, mert nem tudtam, hogy Gabi is meghalt. Azt mesélte nekem Samu, hogy Marika néhány évvel ezelőtt rákban halt meg, de hogy Gabi is követte, azt nem tudtam! Mindketten nagyon fiatalok voltak. Marika még azt mesélte el, hogy St. P. is meghalt, akitől ő most üzenetet hozott nekem. De végül is nem mondta el, hogy mi az üzenet. Hanem egyszerűen mindketten szó nélkül ellebegtek. Én egyedül maradtam, mert akkor már a testvéreim sem voltak ott. Elfáradtam. Visszafekszem egy kicsit aludni, amíg az urad megérkezik. Ha megjött, feltétlenül ébressz fel! – kérlelte, és már dőlt is hanyatt fekhelyén.

Lánya betakargatta, és közben viccesen megkérdezte:

– Mi lesz, ha én halok meg előbb? Akkor ki keres neked másik papot?

– Ne beszélj butaságokat! – hallatott kurta kis kacajt.

– A hátsó kerék nem előzheti meg az elsőt! – viccelődött kissé felélénkülve.

– Meg különben is, neked még dolgod van itt! Hiszen te fogod elrendezni az én temetésemet! – ironizált azon, hogy úgy tünteti fel, mintha csak ez lenne Dóra egyetlen és legfőbb feladata itt a Földön. Majd komolyra fordította a szót. – Van még egy kis időnk, még maradnom kell egy kicsit. Egyébként pedig te is tudod, nem úgy van az, hogy gondolunk egyet és megyünk, hanem megvan annak a kijelölt ideje. Ami pedig itt ránk van mérve, azt végig kell csinálni! Te még nem csináltad végig! Emlékezzél csak, hogy mik még a soros feladataid! Hiszen tudnod kell, csak próbálj meg emlékezni! Bár én sosem értettem a te emlékezetedet, ellentétben velem, te hajlamos vagy a feledékenységre. De ezt csak nem felejtetted talán el, hiszen ez fontos?! Hogy fogsz különben elszámolni a feladataid elvégzéséről? Én már summáztam az enyéimet, és úgy gondolom, mindent megcsináltam. Tudod, boldog vagyok, mert bár nagyon nehéz volt az életem, rengeteg buktató volt benne, de sorra legyőztem az akadályokat, és megoldottam a problémákat. Szerintem mindet! Ha visszagondolok, magam is csodálkozom, hogy bírtam ennyit. Lehet, hogy ezért is vagyok ilyen nagyon fáradt? Lehet, hogy azért nem győzöm kipihenni magamat? Pedig, amióta veletek élek, igazán pihenhetek eleget, és mégsem tudom magam kipihenni. Vagy talán azért lennék ennyire fáradt, mert már nem sok időm van hátra? Á, mindegy! – legyintett bosszúsan.

– De ne izgulj, majd szólok neked, ha itt az időm. Azt én tudni fogom, mert megígérték nekem, hogy jelzik a távozásom idejét.

Amikor látta, hogy Dóra a fejét csóválja, és mondani akar valamit, beléfojtotta a szót.

– Ne mondj semmit! Ha itt az időm, én boldogan halok meg. De gyakran elgondolkodom azon, hogy mi lesz veled nélkülem. Kevesebb dolgod lesz, az igaz, de hiányozni fogok neked, hiszen annyi évet töltöttünk együtt, annyi mindent megbeszéltünk. Soha, senkivel nem fogsz tudni dolgokat úgy megbeszélni, mint velem. Sem az uraddal, sem a lányoddal. Magányos leszel nélkülem, gyermekem!

– Édesanyám, én akkor is meg fogok veled mindent beszélni, majd meglátod! – szólt közbe Dóra. A fekvő hálásan és elégedetten feléje mosolygott.

– Jó – kapott a lehetőségen –, akkor ezt most lefixáltuk! Majd figyelek rád. Meghallgatlak és ellátlak tanácsokkal úgy, mint most – kedélyeskedett.

Majd elgondolkodott:

– De vajon meg fogják nekem ezt engedni? – tette fel a kérdést, majd elrévedt, mintha máshonnan várná a választ. Aztán, hosszúnak tűnő szünet után halkan, lemondóan tette hozzá:

– Nem, nem engedik meg... azt mondták. Magadra maradsz, gyermekem! – suttogta nagyon csalódottan.

– Aztán, azon is elgondolkodtam, hogy mi egész életünkben egyetlenegyszer voltunk haragban, de te két nap után eljöttél és bocsánatot kértél. Akkor még nem laktunk együtt. Én meg megjátszottam magamat, hogy mennyire haragszom, közben pedig alig vártam, hogy béke legyen köztünk. Ráadásul én is hibás voltam, de úgy tettem, mint aki ártatlan – mondta nyakát a vállai közé húzva, ezzel a mozdulattal is hangsúlyozva az akkori huncutságát.

– Tudod, azért is sajnállak, ha majd uradat kell gondoznod. Hogy fogsz bírni azzal a hatalmas emberrel? Feltétlenül fogadjál hozzá gondozót, ne tedd magad tönkre! – osztotta a tanácsot, de látszott, hogy már nagyon fáradt.

– Most pedig takarj be, légy szíves, és hagyjál pihenni! Nagyon-nagyon elfáradtam. Ne, ne erősködj, ne tedd ide a tolószéket, nem ülök ki! Nem, reggelit sem kérek, nem vagyok éhes. Ha csak rágondolok is, rosz-szul va-gyok! – nyomatékosított a szótagolással.

– Minden ennivalótól un-do-ro-dom. Nem, inni sem akarok! Ne öntsd ki azt a vörösbort, mert úgysem iszom meg! Félsz az uradtól, ugye? – vette elő a rá annyira jellemző hamiskás mosolyát. – Jön és számon kéri tőled, hogy ittam-e vörösbort. Nem, akkor sem iszom meg! Pfuj, utálom! – borzongott bele. – Igya meg az urad, ha szereti! Inkább arra kérlek, tedd oda a tévé elé a Dörmike fényképét, hogy mindig láthassam. Jaj, de aranyos! Nézd azt az égő, fekete szemet, a gyönyörű pofit... – lelkendezett, miközben lassan leereszkedtek szempillái, és már újra aludt.

Már napok óta nem fogadott el semmi ennivalót. Dóra ettől is jócskán kikészült, félt, hogy tovább gyengül ez az amúgy is gyönge szervezet. Étel nélkül tovább veszíthet immunitásából, és nem tud majd ellenállni egy kisebb meghűlésnek sem. Ez is rettenetesen idegesítette, annyira, hogy szédült a feje, kavargott a gyomra, alig tudta befejezni teendőit. De még ennél is inkább a nagynénje temetéséről hallottak kergették majdnem az őrületbe. Ha más mesélne el neki egy hasonló sztorit, egyszerűen megmosolyogná, jó fantáziával megáldottnak tartaná az illetőt.

Automatikusan kezdte elrakni a fürdetés kellékeit, nem is figyelve arra, amit csinál, mert gondolatai még mindig a hallottakon jártak. Bármennyire igyekezett racionális maradni, kénytelen volt konstatálni, hogy édesanyja egy ideje csúszkál az álomvilág és az itteni valóság között. Az is teljesen világos, hogy sokkal nagyobb intenzitással éli meg álmait, mint a valóságot. Sőt, az is egyértelmű, hogy sokkal hosszabb ideig tartózkodik az álomvilágban, mint ébredés után az itteniben. Sőt, az is eltitkolhatatlan, hogy a rövid ébrenlétek után alig várja, hogy visszaaludhassa magát az álmaiba.

De bármilyen hosszú ideig alszik is, ébredés után sohasem keveri össze a két valóságot. Az egészben a félelmetes leginkább mégis az, hogy az álmok nagyon is valóságos tartalmat hordoznak.

Ahogyan így végiggondolta az eseményeket, most először döbbent rá arra, hogy nem az emberi értelemmel kell magyarázni, illetve megérteni azt a másik dimenziót. Az a valóság egy másik szinten és más módon működik. Arra a másik szintre édesanyja már át tud jutni álmaiban, de az átlagos földi ember nem. Már tudta, nem kell racionális magyarázatot találni arra sem, hogyan lehetett jelen édesanyja a nővére temetésén úgy, hogy fizikálisan itthon, az ágyában feküdt. Ennek a transzcendenciának a megértésére az emberi elme működése nincs felhatalmazva. Csak nyújtogatjuk antennáinkat, de igen keveset érünk el vele.

Sokszor a megmagyarázhatatlant emberi rációval próbáljuk megmagyarázni és megérteni. De ez az út járhatatlan számunkra.

Nem érteni kell, hanem csak tudni és elfogadni, hogy van!

Az Angyal

Ugyan a nappali fények már elnyugodtak, de még nem váltotta fel őket a szürkület, pusztán csak sűrűbb lett a levegő, amikor a fekete Ford Mondeo behajtott az udvarba és lassan a kocsibeálló fedezéke alá kanyarodott, majd leparkolt Dóra szürke Ford SMax-sza mellé.

A kutyák öröme magasra tornázta adrenalinszintjüket, ami arra késztette őket, hogy mérhetetlen sebességű, óriás köröket nyargaljanak végig az udvaron. Akkor fékezték csak le energiájukat, amikor az érkező már kiegyenesedett a kocsiból.

A nagyobbik kutya – Rozi – azonnal fegyelmezetten leült az autó mellé, mert tudta, ez az a póz, amit megkövetelnek tőle ahhoz, hogy a jutalomfalatkát megkapja. A kisebbik és egyben fiatalabbik – Mázli – viszont rakoncátlanul ugrált a gazda lábszárára, összepiszkítva annak nadrágszárát. Nem tudta magát kordában tartani, rá sem hederített a parancsszóra. A másik már rég lenyelte a finomságot, míg a kisebbik izgalma – az illatot megérezve – egyre csak fokozódott. Amíg csaholt, ugrált, nem kapta meg a jutalomfalatot. Végül nagy nehezen valahogy mégiscsak megtört, sikerült kövér hátsóját egyetlen rövid pillanatra a földhöz szegeznie. Megérte! Megkapta a jutalmat!

Dóra iszonyatosan hosszúnak érezte az időt, amíg férje kocsijából kipakoltak. Mielőbb szerette volna a vizsgálatot, amitől csodát remélt. Azt várta, hogy férje megállapít majd valami enyhe, akut kórt, gyógyszert ír, és megy minden zavartalanul tovább, mint eddig mindig.

Csodálatos módon, amint beléptek a szobába, a Mama azonnal éber lett. Olyan éber, mintha nem is ma ébredt volna fel a többnapi alvásból.

– Isten hozta, Micukám! – üdvözölte vejét túláradó kedvességgel. – Csakhogy megérkezett! Hát hol volt ilyen sokáig? Már annyira vártam! – örvendezett roppant élénken.

– Csókolom, Mama! Hogy tetszik lenni? – hajolt le a nagy ember a fekvőhöz.

Előbb kicsit elvitatkoztak azon, hogy mikor is találkoztak utoljára. Az egyik váltig állította, hogy csak egy hete, míg a másik erősködött a legalább kétheti kimaradáson. Végül kompromisszumot kötöttek és elkezdődött a vizsgálat. A vő tüzetesen megvizsgálta a rozzant kis testet. Kérdéseket tett fel evésről, ivásról, alvásról, közérzetről, anyagcseréről és mindenről, ami idetartozott. Még a vörösbor kérdése is felmerült.

– Hogyne, iszom én folyamatosan! – füllentette a Mama nagyokat bólogatva, de közben sanda pillantást vetve a lányára, nehogy az meghazudtolja.

– Egyébként mi a véleménye, Micukám, mit állapított meg? Ugye, teljesen egészséges vagyok? – meg sem várva a választ, dőlni kezdett belőle a panasz. – Tudja, Micukám, amit Dóra velem művel, az már nem is közönséges! Nem hagy békén, állandóan etetne, itatna, mindig ki akar vinni a levegőre. Hát, értesse már meg vele, Micukám, hogy én már kevesebbet eszem, kevesebbet iszom, nincs többre szükségem! – tartotta bal kezét mellkasa előtt tenyérrel felfelé, amibe jobb kézfejének felső oldalát ráfordítva, aprókat csapkodott a nyomatékosítás kedvéért. Majd összefonta mellkasán a két kis csuklóját és folytatta.

– A gyógyszerekre sincs szükségem, azt is állítsa le! Újakat sem kell felírni, nem veszek be semmit! – rendelkezett ellentmondást nem tűrően.

– Diktál a beteg, írja az orvos… – évődött veje a Bubó doktorból idézve.

– Mondja csak, Micukám, nincs magának valami üzleti érdekeltsége a patikussal? Nem kap maga valami százalékot, hogy ennyi mindent felír nekem? – viccelődött nagy vidáman. Döbbenetes volt, szinte világított a teljesen tiszta és éber tudata. –

Nem fáj semmim! – ringatta ültében törzsét jobbra-balra, a tornával bizonygatva igazát. Mindezt olyan kimondhatatlanul aranyos humorral adta elő, hogy derültséget varázsolt maga köré. Mindannyian nevetgéltek a kis színi előadáson. Aztán diadalittasan, a saját sikerétől felbuzdulva lányához fordult.

– Na, látod, urad egyetért velem! Nincs nekem semmi bajom! – intett hárító, fölényes mozdulattal. – Egyszerűen megöregedtem, és kész! Így van ez rendjén! – szögezte le, és mint aki jól végezte dolgát, boldogságban úszva nyújtózott végig ágyán és aludni készült. Még kiadta a parancsot:

– Menjetek, és adjál vacsorát az uradnak! Csak előbb add még ide légy szíves a rózsafüzéremet, megpróbálok imádkozni egy kicsit.

Elsőként Micu lépett ki a szobából. Dóra már az ajtót készült behúzni maga után, amikor meghallotta édesanyja halk, visszahívó szavát.

– Kislányom, kislányom! – szólongatta. Lánya visszalépett, megfogta a feléje nyúló kis kezet és leült az ágy szélére.

– Nézd, gyermekem! – suttogta és az ágy jobb oldali vége felé mutatott.

– Az Angyal újra itt van! – mondta örvendezve.

– Ott áll az ágy végénél, ahol mindig is szokott. Érdekes… most sem szól semmit, csak figyel engem mosolyogva. Nem, nem is csak figyel, hanem óv engem, vigyáz rám! Látod, milyen aranyos? – mosolyodott el átszellemülten. – Emlékszel, amikor a mostani irodád helyén volt az én szobám, ő akkor is mindig meglátogatott… Nem is értem magamat, hogy is nem ismertem fel őt azonnal. Hogy is gondoltam, hogy ő egy idegen nő?! Miért is nem tudtam rögtön, hogy ugyanaz az angyal, aki korábban is vigyázott rám… – korholta önmagát. Majd amikor már kissé megnyugodott, hozzátette:

– Most menj, gyermekem, adjál vacsorát az uradnak! Ne nyugtalankodj miattam, már nem vagyok egyedül, az Angyal itt van és vigyáz rám! – szenderedett el boldog mosollyal az arcán.

A hallottak megkönnyebbülést jelentettek Dórának. Imára kulcsolta kezét, az angyal felé fordult és megköszönte jelenlétét, bár látni nem látott senkit. De már tudta, hogy ott van, hogy édesanyja valóban látja őt. Ő pedig valóban vigyáz a betegre.

Hogyne emlékezett volna ő is az angyalra! Egyszer, néhány évvel ezelőtt, amikor édesanyja még segédeszközzel képes volt a járásra, vírusos fertőzés kerítette hatalmába. Nyár volt, tehát akkor is itt a kempingben tartózkodtak. A vírus miatt férje szabadsága a Mama gyógykezelésével telt. A kór nagyon makacsnak bizonyult, hetekig elhúzódott. Végül sikerült megállítani, de a kiszáradás veszélye miatt mégis igénybe vették a kórházi kezelést is. Amint azonban a kórházi infúziós kúra véget ért, rögtön haza is hozták a beteget. A sok megpróbáltatás annyira legyengítette egyébként is gyenge szervezetét, hogy itthon még hetekig ágyban feküdt, kapta a roboráló injekciós kúrát, miközben gyógytornász is járt hozzá, hogy izmait megőrizzék a sorvadástól.

Abban az időben is sokat aludt, de megközelítőleg sem annyit, mint mostanában. Ébredései alkalmával azt észlelte, hogy az ágya mellett mindig ott áll a nagyon békés arcú, szeretetet sugárzó Angyal, aki akkor sem szólt semmit, és nem is cselekedett semmit, csak állt az ágy mellett szó nélkül és őrzőn, épp úgy, mint most is. Akkoriban már annyira természetes volt az angyal jelenléte, hogy Dóra mindig csak egy ugyanazon oldalról közelítette meg az ágyat, nehogy megzavarja a másik oldalon álló angyalt.

Aztán, ahogyan az idő telt, a Mama erősödni kezdett, az angyal látogatásai ritkultak, majd elmaradtak. A Mama pedig végleg útilaput kötött a gyógytornász talpára és – lehetőségeihez mérten – gyógyultan kiszállt az ágyból. Ezután már nem emlegette az Angyal jelenlétét, egészen mostanáig.

Lánya örömmel emlékezett erre, mert gyógyulással végződött ez az időszak. Azt hitte, azt remélte, most is így lesz. Bizakodását tovább erősítette az Angyal mostani, ismételt és immár gyakori megjelenése. Türelmesen várta hát, hogy édesanyja most is kialudja magát, majd jól megerősödve igazán felébredjen.

De egyelőre hiába várt, az elkövetkező napok és éjszakák változatlanul hosszú-hosszú alvással, étkezés és ivás nélkül teltek.

ÁPRILIS

Csak a kemping élete mutatott némi változást. Szállingózni kezdtek az első vendégek. Többnyire a szokásos, az új tavasszal mindig visszatérő nyugdíjas korosztály, akik az előszezoni mérsékelt árakat igyekeztek kihasználni, úgy a kempingben, mint a hévízi vagy a kehidakustányi gyógyfürdőkben.

Ezek a külföldiek borzasztóan hittek a termálvizek gyógyító erejében. Több ezer kilométeres utat tettek meg évről évre abban a reményben, hogy a termálvíz javítja reumájukat és meghosszabbítja életüket. A többi vendég számára ezt a szemléletet erősítette a Németországból érkező Kupzog házaspár példája is. Ők az öreg, de jól karbantartott lakóautójukkal jöttek minden tavasszal és ősszel. Fiatalokat megszégyenítő biztonsággal vezette a 75 éves Kupzog néni a hatalmas járgányt, míg tíz évvel idősebb férje örökös helye már csak az anyósülés volt. Mindig délelőtt érkeztek, és miután leparkoltak, azonnal megszabadultak minden ruhadarabjuktól, hogy szabadon levegőzhessen és napozhasson a bőrük. Másnap reggelig pihenték az út fáradalmait. Akkor Kupzog néni – a komótos reggeli után – felpattant a motorkerékpárjára, maga mögé ültette Kupzog bácsit, és már robogtak is valamelyik gyógyfürdő felé. Így ment ez két hétig mindennap.

Talán Dóra volt az egyetlen szkeptikus, aki ennek ellenére sem hitt a vizekben. Annyira nem, hogy ő maga még sohasem fürdött sem a hévízi, sem más környékbeli gyógyvízben, és tudta, ha rajta múlik, ez nem is változik. Tizenöt éve vezette már saját kempingjét, és érdeklődéssel gyűjtötte tapasztalatait a sok és sokféle emberről.

Többek között látott egy idős házaspárt, ahol a férj 15 évvel fiatalabbnak látszott a feleségnél, de néhány év elteltével döbbenetes módon megfordult az optikai kép, a férj egyik évről a másikra rozzant kis öregemberré lett.

Látott párt, ahol a férj szolgamódon istápolta a nálánál jóval idősebb, állandóan betegeskedő feleségét. Majd két év kihagyás után a feleség új párral az oldalán jelent meg, mert időközben megözvegyült.

Látott olyan párt, ahol az egyik évben még gyönyörű feleségnek a következő nyáron már mindkét lába olyan volt, mint a kövérre töltött hurka, és nem lehetett rajta változtatni. Rendületlenül vette a gyógyvízi kezeléseket, de minden hiába volt.

Természetesen rengeteg örömteli eseménynek is tanúja volt, mint pl. húszévi reménytelenségben eltelt várakozás utáni gyermekáldás, vagy súlyos betegségből való felgyógyulás... De – véleménye szerint – nem volt ezeknek semmi köze a gyógyvizekhez! Tudta, egy sokkal magasabb erő irányította és mozgatta az eseményeket.

A forgatókönyvet maga Isten írta!

Fantasztikusak ezek a külföldiek! Amint egy kis napsütést éreznek, azonnal megszabadulnak ruháiktól, hogy olyan természetességgel szívják magukba a korai D-vitamint, mint a fák, a madarak, a virágok, úgy ahogyan Isten megteremtett bennünket. Ehhez elengedhetetlenül társulnak a testkultúra további elemei, mint a masszázs és a méregtelenítést végző szauna, illetve infravörös szauna.

Bár korán volt még, a vendégsereg is gyér, Dóra mégis úgy ítélte meg, elérkezett az idő a kültéri medence feltöltésére, amire, mint varázsütésre, valóban pezsgővé vált az élet. Innentől a külföldi vendégek – mit sem törődve az időjárással – úszással kezdték a napot. Úgy vetették bele magukat a jéghideg vízbe, mint mi, magyarok az esti meleg fürdőkádba. Délután a szauna forgalma is megnőtt, szinte mindenki szaunázott. Húsz perc forró szauna, tíz perc a dermesztően hideg medencében. Órákig tudták ismételgetni ezt az attrakciót. Mindehhez kapcsolódott a masszázs. Az egyetlen fiatal masszőr nő – aki hetente kétszer-háromszor jött – alig győzte a munkát. Itt volt az ideje még egy masszőr beállításának.

Kati nyolc óráját is kövérre bélelte a sok és sokrétű feladat, már-már túlzottan is. Ilyen körülmények között, a főszezonhoz képest gyér vendégforgalom ellenére is, elérkezettnek tűnt az idő egy újabb, mindenes alkalmazott felvételére. Az alkalmazott keresése látszólag egyszerű feladat, mert elég csak beszólni a Munkaügyi Kirendeltségre, ahonnan néhány napon belül megindul az álláskeresők serege.

A rengeteg kiközvetített ellenére mégis komplikált a választás, mivel a jelentkezők zömének nem is áll szándékában dolgozni. Pusztán szükségük van a megjelenésről a munkaadó igazolására, amivel jogosultakká válnak az állami ellátás valamelyik formájára. Vannak olyanok is, akik dolgozni szeretnének, de előzményeikből és néhány órás próbamunka után kiderül alkalmatlanságuk. Mégis ők azok, akik a legrobosztusabban fogalmazzák meg kereseti és egyéb juttatásbeli elvárásaikat.

Egyetlen embert kell csak megtalálni a sok jelentkező között, azt az egyet, aki megfelelő munkát képes adni megfelelő bérért.

Napokig, sőt hetekig is elhúzódhat a válogatás. Ezért is kellett azt időben elkezdeni.

Ki mint veti ágyát…

Egyik napon kora reggel, úgy öt óra körül a kutyák nem követték gazdijukat a szokásos sétán, hanem felduzzadt energiával, csaholva-lihegve rótták köreiket a még harmatos területen. Dóra megállt, hallgatózott, de semmi idegen nesz nem érte el a fülét. Mégis visszasétált a bejárati kapuhoz, megnyomta a vezérlő gombot, hogy szabaddá tegye a bejárást. Mérget mert volna venni rá, hogy a kutyák nem tévednek, nem csapják őt be, rövidesen családtag érkezik, akinek az örömkörök szólnak.

Ahogyan csöndesen, lassan, egyre inkább fedezékbe húzódott a nagy, lomha kapu, úgy kúszott Dóra gondolataiba a felismerés, hogy csakis az öccse lehet az érkező. Senki más nincs, aki ebben a korai órában jönne, ráadásul úgy, hogy nem is telefonált. Hát, ez egy ilyen fazon! – mosolyodott el magában. Tudta, hogy öccse előző este indulhatott Szabolcs megyéből, mert szeretett az éj leple alatt, a nagy forgalmat kihagyva, komótosan utazni, arra is időt hagyva, hogy a hosszú út alatt aludjon egyet.

A kutyák már farkcsóválva a kapu mellett sorakoztak, amikor a hatalmas, öreg, fehér Iveco halkan a parkolóba gurult. A gyújtást még az utcán kikapcsolta Peti, hogy a korai órában ne zavarja meg a motor hangja az alvó vendégeket. Úgy állt be a parkolóba, hogy a legkevesebb helyet foglalja el robusztus járgányával, hogy más érkezőknek is kényelmes behajtást biztosítson.

Ez az öreg autó motorikusan tökéletes állapotban volt, mert Peti hobbija is, szakmája is a motorokhoz kapcsolódott, de a karosszéria bizony nem tagadhatta le a korát. Peti mégis úgy szerette öreg járgányát, ahogyan volt. Helyesebben úgy, ahogy saját igényeinek megfelelően univerzálisra alakította. A hatalmas dobozteret keresztben kettéválasztva egy lakó- és egy üzemi teret alakított ki benne. A hátsó ajtó szolgált a szerszámok és munkaeszközök ki-be pakolására, míg az oldalsó ajtó a lakótér bejáratát biztosította. Ebbe a térbe elhelyezett egy heverőt, könyvespolcot, hűtőszekrényt, tévét, rádiót, mennyezeti és olvasólámpát. Minden tárgyat gondosan rögzített, hogy a legvadabb fékezéskor is a helyükön maradjanak. Érkezéskor rácsatlakozott a kempingben a direkt ilyen célra kiépített elektromos konnektorok egyikére, és innentől kirobbantani sem lehetett a saját kezűleg megteremtett komfortjából.

Tisztálkodásra a kemping közös zuhanyozóinak valamelyikét használta. Nővére bármennyire is ajánlotta, hogy lakjon valamelyik apartmanban vagy faházban, nem lehetett erre rábírni. Úgy szeretett együtt élni, ha megőrizhette saját életterét. Különösen vonatkozott ez az éjszakákra, amiknek nagy részét olvasással töltötte, nyitott ajtó mellett, még novemberben is, igaz, ekkor már jól belezipzározódva hálózsákjába.

Egyetlen esetben volt csak hajlandó feladni a kocsijában való éjszakázást, ha édesanyjuk mellett kellett aludnia.

Az alvó nem érezte meg jöttüket, szép csöndesen aludt tovább, nem ébredt fel, amikor beléptek a szobába. Leültek hát a kanapéra és beszélgetni kezdtek. Előbb az unokák kerültek terítékre. Mivel mindketten gyakorló és unokáiktól elájult nagyszülők voltak, szinte kifogyhatatlan volt a téma. Társalgásuk alatt még hangjukból sem vettek vissza, nem tartották szükségesnek, mivel közben elérkezett már a reggeli ébredés ideje.

Egy idő után azonban Peti volt az, aki megrökönyödve konstatálta, hogy édesanyjuk még az ő, a kedvenc fia hangjára sem ébredt fel. Nővéréből az eddig visszafojtott kétségbeesés sírással tört utat magának. Könnyei közepette mesélte el öccsének az elmúlt időszak minden mozzanatát. A rengeteg alvást, az étel elutasítását, az álomutazásokat... De amikor öccse vigasztalni kezdte, mégis nagyon elszégyellte magát, hiszen nem az önsajnáltatás volt a célja. Megerősítette hát magát, elapasztotta könnyeit és megkérdezte:

– Mi a véleményed, Petikém, mi lesz édesanyával?

– Először is az a véleményem, hogy te eddig is mindent megtettél, amit megtehettél, sőt még túlzásba is viszed! Másodszor az a véleményem, hogy Micunak van igaza. Fölöslegesen teszed magad tönkre az aggódással, mert amit Isten elrendelt, azt mi úgysem tudjuk megváltoztatni. Az a dolgunk, hogy várjuk türelmesen az ő akaratának beteljesedését, és addig is szeressük a Mamit. Ebben pedig nincs hiány! Hidd el, kevés idős embernek adatik meg annyi jó, mint amit ő tőlünk megkap. Te nem tudod, de nagyon megdöbbennél, ha látnád azt, amit én látok jártamban-keltemben, hogy hogyan élnek magukra hagyva a kis öregek.

Harmadszor pedig az a véleményem, hogy volt a Mami már ennél rosszabb állapotban is, te akkor is túlaggódtad, és tessék, most is itt van! Meglátod, újra így lesz! Egyszer csak megrázza magát, és megy tovább a verkli.

Végül pedig, nem értem, miért éled meg tragikusan, hogy hol itt van, hol a másik dimenzióba csúszik át? Hiszen eddig is tudtuk, hogy van túlvilág! Csak nem kételkedtél? Valószínű, hogy ő már készül oda, és most valamilyen oknál fogva megadatik neki a betekintés. Mert ez sem véletlen, ez is okkal történik. Sőt, még azt is megkockáztatom, oka van annak is, hogy neked átadja az élményeit. Nyilván azért meséli el, hogy te pedig elmondhasd másoknak. Az is lehet, hogy egészen más a cél, csak mi nem tudjuk megfejteni. De hogy mikor megy el, azt ember nem tudhatja.

Térj már észre, nővérem, vedd tudomásul, hogy egyszer ennek is el kell jönnie! Születésünkkor az egyik kapun bejövünk, majd végül egy másikon távozunk. Gondolj csak bele, hiszen már mi magunk is abban a korban vagyunk, hogy akár mi is következhetnénk! Vedd csak számon, hogy hányan nem élnek már a volt osztálytársaink közül, pedig mi egy generációval fiatalabbak vagyunk, mint édesanya!

Dóra túl azon, hogy hisztije miatt elszégyellte magát, elképedt öccse realitásán. Itt és most azt érezte, hogy ha öccse ennyire reális tud lenni, talán nem elég mélyek az érzelmei, de semmiképp sem olyanok, mint amilyeneket ő kap édesanyjuktól. Eszébe sem jutott, hogy a könnyű szavak a mélynek a felszínét takarhatják.

Nagy hirtelen mindketten egyszerre fordultak a halk hang irányába.

– Öreg néne idős gyermekeivel… – súgta édesanyjuk. Majd az addig éppen csak résnyire felcsúszott szemhéj a hirtelen felismeréstől felpattant, az ébredő fektében kitárta két karját annyira, amennyire a beszűkült vállízületek megengedték és felkiáltott:

– Ó, kisfiam! Hát itt vagy! – és legszívesebben repült volna fia felé.

Dóra tudta, nincs tovább keresnivalója ott, elhagyta hát a szobát, hadd legyenek zavartalanul kettesben.

Rövid ideig még az udvarra is kihallatszott a szobából a két felemelt hang, de úgy látszik, minden nehézség nélkül sikerült a fülhallgatót a helyére tornászni, mert hamarosan elhalkultak.

Amikor később Peti előkerült, megkérte nővérét, hogy végezze el édesanyjuknál a szokásos reggeli tisztálkodást, hogy azután ők ketten együtt megreggelizhessenek. Nővére választásra kínálta a hűtő tartalmát, de öccse elutasította.

– Menj csak, csináld a dolgodat, addig én előkészítem a közös reggelit abból, amit útközben vásároltam, mert ez jobb, mint a tied, hiszen ez „madárlátta" – mondta, és már indult is autója felé.

Később konyha és szoba között a két testvér egymást váltotta. Dóra elképedve és egyszersmind rémülten nézett a Peti kezében lévő tálcára, amin paprikás szalonnát, kenyeret, újhagymát pillantott meg. Szóra nyitotta volna száját, de öccse megelőzte.

– Ne izgulj, nem lesz semmi baj! Ebbe most ne szólj bele, kérlek!

Dóra a konyhába rohant, citromos teát készített, gondolva arra, hátha közömbösítheti vele a szalonnát, hiszen a Mama nemcsak napok óta, hanem inkább hetek óta nem evett semmit. Most meg ez a nehéz étel?!

Amikor a teával a szobába lépett, édesanyjuk már a tolószékében ült, előtte az asztalon, a tányérjában apró kis szalonna-kenyér katonák sorakoztak, mindegyik tetején, mint fehér sapkák, egy-egy kis hagymakarikával. Dóra szó nélkül letette a két csészét és a kancsó teát, nem akarta a reggelizők diskurzusát zavarni. Távozóban még fél füllel hallotta öccse szavait.

– Na, Édesanyám, akkor most teázunk!

De látva a fanyalgó tekintet, azonnal váltott.

– Jó, jó ez a tea is, de én már szívesebben innék valami kis alkoholt, jólesne a hosszú út után! – mondta.

Hazudós, gondolta magában Dóra, hiszen az öccse szinte absztinens. Tudta, hogy ez csak fondorlat arra, hogy folyadékbevitelre késztesse édesanyjukat. Magában mosolyogva, szó nélkül húzta be maga mögött az ajtót, míg azok bent tovább folytatták.

– Hát, nem is tudom, hogy nekem most mi esne jól – húzogatta kényeskedve Mami a vállát, miközben feltette magának a költői kérdéseket. – Talán egy kis bor? De milyen bor? A vörös biztosan nem, azt utálom! Talán egy kis fehér? Édes vagy száraz? Nem, egyiket sem kívánom – nyafogta fintorogva.

– Te mit innál szívesebben, kisfiam?

Mivel a felsorolás tisztázta a bor sorsát, Peti tudta, hogy mást kell javasolnia.

– Ó, én inkább sört innék! Mit szólnál a barna sörhöz?

– Pfuj, hogy találsz ki ilyet? Utálatos lötty! Akkor inkább már igyunk meg ketten egy kis Drehert! – javasolta.

Fia már pattant is és indult a sörért. Édesanyja még utána szólt:

– Én csak pincehideget kérek!

Peti elnevette magát és visszafordulva kérdezte:

– Édesanyám, tisztában vagy vele, hogy neked milyen jó világod van?

– Ki mint veti ágyát, úgy alussza álmát! – humorizált édesanyja önelégülten mosolyogva. Aztán elgondolkodott kicsit, meghúzta a vállát és flegmára váltott. – Egyébként is megérdemlem – sandított hamiskásan, miközben tovább húzogatta vállát –, mindenemet odaadtam a nővérednek.

Egy-egy fél pohár sörben kimerült a nagy dorbézolás. Peti visszatette a Mamit az ágyba, betakargatta és leült.

– Kisfiam, most pedig mindkettőnknek aludnia kellene. Te is fáradt vagy a hosszú út után, én is – adta ki az ukázt.

– De ne hagyj itt, kisfiam! – váltott könyörgőre.

– Maradj a szobámban, itt is tudsz pihenni. Olyan jó, hogy itt vagy!

Elmúlt dél, amikor Peti újra előkerült.

Elmesélte nővérének a Mamival folytatott kis csevejt, amin felszabadultan derültek, mert mindketten tudták, ha a mama csipkelődik – most éppen a Dóra kárára –, akkor már jobban van.

Peti többszöri próbálkozása után valamikor délután sikerült a Mamit felébreszteni. Ebédet nem fogadott el, de úgy látszott, örül az ötletnek, hogy átmennek a közeli kis kápolnába imádkozni.

Peti elővette a szekrényből a püspöklila, pihekönnyű, mikroszálas overallt, óvatosan belecsúsztatta a törékeny kis testet, lábára feladta a puha, irhamamuszt, majd az így becsomagolt kis tömeget felnyalábolta és beültette a tolószékbe. Térdére még könnyű termoplédet is terített.

Amikor kitolta a tolószéket az udvarra, a Mama arcáról végtelen boldogság sugárzott, hiszen kedvenc fia csak vele foglalkozott egész nap! Számára ennél nagyobb boldogság nem létezett.

Egyik kezében rózsafüzért, a másikban egy nagy ollót tartott. Az olló arra szolgált, hogy a tavasz virágaiból vágjanak vele. Persze, az ollót csak Peti tudta használni. Kék györgyikéből és fehér pipanárciszból gyűjtöttek egy csokrot, amivel a közeli kápolna felé indultak.

Rég volt már ilyen gondtalan, felszabadult napja Dórának. Egész nap dudorászott, örömmel tette a dolgát. Megváltozott körülötte a világ, minden újra a régi kerékvágásban folyt tovább. Remek érzés volt!

A látogatók

Az estét mindhárman a Mama szobájában töltötték. Megnéztek egy filmet, de a két testvér még nem akart aludni, fontosabb volt számukra, hogy beszélgessenek. Kifogyhatatlanul sok témájuk volt. Édesanyjuk az ágy szélén ült és szervesen bekapcsolódott a társalgásba. Sőt, többnyire ő vitte a prímet, ő hozta elő a közös élményeket, amiket olyan színesen tudott előadni, hogy élvezet volt hallgatni. Ha nem ő beszélt, egy-egy humoros, jól elhelyezett beszólással nevettette meg gyermekeit.

A cseverészés közepette egyszer csak váratlanul az udvarra néző ablak felé mutatott:

– Nézzétek! Nézzétek! Valaki ott van az ablak előtt és bekukucskál. Egy férfi. Most megindul, és elmegy a kapu felé – mondta izgatottan.

Mindketten fölpattantak, de Peti ért ki előbb, mert Dórát visszatartotta édesanyjuk.

– Vidd a pisztolyodat is, kislányom! – szólt rá.

Dóra csak egy szempillantásnyi időt veszített azzal, hogy lekapta a pisztolyt a szekrény tetejéről, és máris öccse nyomdokaiban volt.

Az éjszaka sűrű és sötét volt. De mert mindenhol égtek a külső udvari, magasra nyúló, karcsú kandeláberek, jól lehetett látni.

Peti balra, a kis erdős rész felé vette útját, míg Dóra jobbra, a kapu felé indult. Átpásztázta a területet, a kerítést szegélyező sűrű tujasort is átkutatta. Mivel a kaput is zárva találta és senkivel sem találkozott, megindult a terület közepén végighúzódó bitumenes úton lefelé. A kandeláberek fényében, mély csöndbe burkolózva állt a néhány lakókocsi. Túl késő volt, mindenki aludt már. Két apartmanban laktak vendégek, de azoknak ablakaiból sem szűrődött ki már semmilyen fény. A biztonság kedvéért még a lenti vizesblokkot is ellenőrizte, de senkivel sem találkozott, a mozgásérzékelő fények is csak az ő megjelenését észlelték.

Öccse a terület bal oldalát pásztázta végig. Előbb az utcafrontnál húzódó erdős részt, majd lement a terület végéig, de ő sem találkozott senkivel.

Visszatértek a szobába és igyekeztek megnyugtatni édesanyjukat, aki kétkedő, tanácstalan arckifejezéssel hallgatta őket.

– Biztosan jól megnéztetek mindent? Nem értem, hová tűnhetett az az alak ilyen gyorsan. Balról jött, bekukucskált, és egészen addig időzött ott, míg ti fel nem álltatok. Akkor megindult jobbra, és a kapu felé tartott. Biztosan kiment a kapun!

– Nem, Mami! A kapun nem mehetett ki, hiszen az zárva volt – mondta Dóra.

– Akkor nem tudok mást elképzelni, mint hogy olyan valaki volt, aki ismerte a kódot, beütötte, és gyorsan elrohant, amikor benneteket meglátott. Mert amikor benézett az ablakon, rögtön látnia kellett, hogy Peti is itt van, megijedt, és ezért indulhatott rögtön a kapu felé – próbálta megmagyarázni.

Peti, mielőtt még átgondolta volna, rögtön a logikájával replikázott.

– Nem lehet, mert annyi ideje nem volt, hogy beüsse a kódot és megvárja, amíg a kapu lassan elcsúszik. De még ha ez sikerült volna is neki, Dóra a kaput nyitva kellett volna találja, mert az 20 másodpercig áll, és csak aztán kezd el záródni – fejtegette.

Közben Dóra kapcsolt, eszébe jutottak a Mama korábbi látomásai, és minden erejével igyekezett Petinek jelzést küldeni, hogy hagyja annyiban a dolgot, hogy Mama megnyugodhasson. Sikerült végül egy kacsintással az öccsét leállítani, aki azonnal megértette a jelzés tartalmát, és rögtön helyesbíteni próbált.

- Szóval, szerintem nem a kapun ment ki, hanem egyszerűen átugrott a kerítésen. A kutyák pedig nem ugatták meg, mert ismerős volt, úgy, ahogy mondod, édesanya. Tehát nem lehetett más, mint a Kati férje – próbálta rövidre zárni a témát.

De a Mama nagyon okos volt, őt nem lehetett ilyen egyszerűen megtéveszteni.

– Nem, nem a Kati férje volt! Két okból sem lehetett. Először is, a kutyák a Kati férjét annyira utálják, hogy mindig, még ha a szobában vannak is, akkor is ugatnak kifelé. Most az előszobában vannak. Dóra nem engedi ki őket éjszakára, hogy ne zavarják a vendégeket. De mivel csak a vasrácsos ajtó van bezárva, úgy hallanak mindent, mintha a szabadban lennének. Észrevették volna, ha a Kati férje van itt. Másodszor pedig azért nem ő volt, mert az a férfi nem mer idejönni éjjel, főleg ha még fényt is lát a szobámban, mert tudja, hogy Dóra gondolkodás nélkül lőne, ha illetéktelen jönne be. Más volt itt! Nem ismertem. Olyan szőkés, göndör haja volt, egy kicsit erősebb testalkatú, valami fehér pulóverfélét viselt. Nem volt öreg, nem is volt nagyon fiatal, de talán még a negyvenet sem érte el. De a korát nem is igazán lehetett megállapítani, viszont őt magát teljesen tisztán láttam. Bekukucskált, szemlélődött, és amikor a tekintetünk találkozott, jobbra elindult – emlékezett vissza tárgyilagosan.

A két testvérnek egy pillanatra sem fordult meg az agyában, hogy nem mond igazat édesanyjuk. Biztosak voltak benne, hogy úgy látta a férfit, amint azt leírta.

Ők maguk pedig látták édesanyjuk tekintetét, ahogyan az ablak felé nézett, ahogyan rámutatott a jelenségre, és látták azt is, hogy szeme nem a semmibe révedt, hanem rátapadt arra, akit ott látott.

Annyira sajnálták! Mindketten arra törekedtek, hogy megnyugtassák, eloszlassák félelmét. Mindaddig újra és újra átbeszélték a történteket, amíg a kimondott szavakkal elillant a feszültség utolsó foszlánya is.

Nyugtázták ugyan – talán csak a másik megnyugtatására –, hogy az illető a kerítésen vethette át magát nagy hirtelen, de igazából hinni senki sem hitte ezt a verziót. A kétely mindannyiukban ott maradt. Végül, mégis lehiggadva, együtt mondták el az esti imát. Majd Peti – a Mama kezét simogatva – folytatta:

– Nem kell félned semmitől, Édesanyám! Én most itt alszom veled. Sajnos holnap korán reggel el kell mennem, mert a munkásaimat el kell igazítanom. Holnaptól Dóra alszik melletted, pénteken este pedig én újra jövök, és hétvégén itt leszek ismét veled.

– Jaj, nagyon jó lesz, kisfiam – rebegte a Mama most már végleg kifáradva, és azonnal elszenderedett.

Peti elfoglalta a számára rövid, kényelmetlen kanapét és még mielőtt a takarót magára húzta volna, viccelődött egy kicsit.

– Tehát hétvégén én felügyelek a Mamára, te pedig, nővérkém, „fiatalokhoz" illően, alhatsz a férjeddel!

– Eredj már magadnak! – nevetett Dóra.

Egy szívószállal még megitatta édesanyjukat, és végre ő is elment aludni. Semmire sem vágyott jobban ebben a pillanatban, mint hogy jól kinyújtóztassa minden porcikáját.

A korai vendégek egyre ritkultak. Dóra tudta, hogy akár teljesen ki is üresedhet a kemping, mert így van ez ilyenkor minden évben. Tulajdonképpen az igazi előszezon még csak ezután kezdődik.

De már nem idegeskedett a gazdasági válság miatt sem, mert az előfoglalásokra befutott átutalásokat összegezve biztonságban érezte vállalkozását. Mindig addig volt izgalomban, amíg ki nem termelte a várható éves rezsiköltségeket, mint víz- és villanyszámlák, közterhek, alkalmazotti bérek, beszerzési költségek. Ha ezekkel rendben volt, a többi bevételt ajándéknak tekintette. Az előfoglalások azt mutatták, hogy nem lesz gond. Érdekesen alakult a prognózis a vendégek náció szerinti megoszlását illetően. Várhatóan a hollandok lesznek a legtöbben. A németek létszáma, a korábbiakhoz viszonyítva, úgy a negyedére fog lecsökkenni. Bár mindkét nemzet tudta, hogy országában elindult a gazdasági stabilizáció, teljesen másképp élték azt meg. A németek még óvatosan kivárnak, nem használják fel tartalékaikat nyaralásra. Nem hagyják ugyan ki a nyaralást, de gondosan megkeresik azokat a helyeket, ahol olcsóbban tudnak élni, mint otthon. Ez pedig nem a Balaton az ő szezonális áraival. Természetesen náluk is nagy létszámú az a réteg, aki nem fontolgat, hanem a sokcsillagos szállodát választja. A hollandok viszont mentalitásukból fakadóan is, és mert biztosak államuk újbóli talpra állásában, kevésbé változtatnak szokásaikon. Részükről a külföldön történő nyaralás kötelező, mert környezetváltozás szükséges a teljes kikapcsolódáshoz és az új energiával való feltöltődéshez. Ezért is választják sokan az otthoni full-komfortjuk helyett a sátras nyaralást. Számukra az a legfontosabb, hogy beleheveredhessenek a zöld fűbe és süttethessék magukat a tűző nappal, amiben hazájukban az éghajlat miatt kevésbé van részük. A többi náció – brit, olasz, francia, osztrák stb. – létszáma hasonló lesz az előző évekéhez. Talán néhány magyar család is, akik vágynak a természetközeli atmoszférára, megjelenik majd.

Eltelt a hét, a hétvége is. A vő ismét megvizsgálta anyósát, de már nem alakult ki közöttük az a kedélyes légkör, mint legutóbb, mert a Mama ezt a vizsgálatot is majdnem végig átaludta.

Változatlanul múltak életében a napok, a megszokott rituálékkal és sok-sok alvással. Az ébrenlétek ideje lerövidült, már az álmok elmesélésére sem jutott elég idő.

Egyik délután mégis hosszabb ideig volt ébren, mint az utóbbi napokban bármikor. Nyugodtan feküdt ágyában, ahonnan kilátott az udvarra. Lánya a kanapén ült és csöndesen beszélgettek.

Amikor már odakint szürkülni kezdett, Dóra arra lett figyelmes, hogy édesanyja nem csak kinéz a csendbe takarózó udvarra, hanem valamit nagyon figyel.

Mindkét kutya a szobában volt, a szőnyegen hevertek, de most ők is felültek, felemelt fejjel, mereven figyelni kezdtek ugyanabba az irányba, amerre a Mama, és hegyezték a fülüket. Dóra is megpróbált tekintetével fókuszálni az ingerre, de a sötétedő szürkület különböző árnyalatain kívül mást nem látott odakint.

Türelmesen várt egy ideig, majd óvatosan súgva kérdezte:
– Mit figyelsz, Édesanyám?
– Pszt! – válaszolt az édesanyja, és mutatóujját is felemelve fokozta a csendre intést.
– Valamiről beszélnek..., de nem igazán hallom, hogy miről... – suttogta.
– Sokan vannak... egy egészen nagy csoport, talán negyvenen is. Sötét, egyforma csuhát viselnek, a csuklyát mindannyian a fejükre húzva... Nem látom jól az arcukat, csak azt látom, hogy mindegyiknek ugyanolyan jel van a homlokán... Nem tudom, hogy mit akarnak..., csak azt hallom, hogy valamiről pusmogva tanácskoznak. Susmorognak..., nagyon tanácstalanok... Egymástól kérdezgetik, hogy most mi legyen, mit kell tenniük? Senki sem tudja, csak vonogatják a vállukat. Nem tudnak dönteni..., csak ácsorognak, várnak csendben..., de már nagyon nyugtalanok lehetnek, mert állandóan ide-oda mozdulnak. Most megint susmorognak, egymástól kérdezik, hogy mit csináljanak? Ó, most megindulnak felénk..., de néhány lépés után az egyikük magasba emeli a karját, megálljt int, és azt mondja: „Nem mehetünk közelebb, nem kaptunk utasítást, álljunk meg! Nem hibázhatunk!" A többiek szót fogadnak, az egész csoport megáll. Nem mozdulnak, csak ácsorognak és várnak.

Gyermekem, eredj már ki hozzájuk, kérdezd meg, hogy mit akarnak! Istenem, olyan sokan vannak! Mit fogsz velük kezdeni? Eredj már és kérdezd meg tőlük, hogy minek jöttek ide! Hogy tudsz ilyen nyugodtan itt ülni? Jaj, mit fogsz ezzel a nagy csoporttal kezdeni? – sajnálgatta lányát.

Dóra nagyon tanácstalan lett, fogalma sem volt, mi lenne a helyes. Attól tartott, ha kimegy és megindul a csoport felé, talán szertefoszlik a látomás, és ezzel tönkreteszi a Mami élményét. Ha pedig nem megy ki, megsérti édesanyját az engedetlenségével.

Végül eldöntötte, mégis bent maradva várja meg a jelenés végét. Ezért a következőket suttogta oda édesanyjának:

– Én úgy gondolom, jobb, ha nem megyek ki, mert nem is biztos, hogy hozzám jöttek. Szerintem, ha engem keresnének, akkor idejönnének és megmondanák, hogy mit akarnak, mint ahogy minden más vendég is teszi. Szinte biztos vagyok benne, hogy nem engem keresnek. Valami más lehet a céljuk! Várjunk még egy kicsit, hátha rövidesen kiderül!

Édesanyja még csöndben tovább várakozott és nagyon figyelt. Érdekes módon a két kutya már álló helyzetben, szintén mereven figyelt. Szemükkel ugyanoda fókuszáltak, ahová a Mama, miközben fülüket hegyezték és néha röviden fel-felszűköltek. Ezt kivéve csend ülte meg a szoba levegőjét, csak a feszült figyelem sípolt a fülekben.

Hosszasan várakoztak így. A kutyák sem változtattak mereven figyelő testhelyzetükön. Csak kihegyezett fülük fordult néha aprókat jobbra-balra, hogy felfogják az emberi fül számára észlelhetetlen decibeleket.

Ember és kutya együtt várták, hogy bekövetkezzék valami fordulat. Végül a Mama teljesen váratlanul nagyot sóhajtott, és felszabadultan elnevette magát. Feszültsége felengedett, de szemét továbbra sem vette le az eddigi célpontról.

– Igazad van, nem hozzád jöttek. Ők is azt mondják. Látod, hogy bólogatnak? De még mindig nem tudják, hogy mit kell tenniük. Egy utolsó utasításra várnak, de az csak nem akar megérkezni. Így most megint tanácskoznak… míg végül abban állapodnak meg, hogy nincs értelme tovább várni. Azt mondják, elmennek, felkeresik Laurát, aki majd eligazítja őket.

– De nem az én lányomról beszélsz, ugye? – hüledezett Dóra.

– De igen, a te lányodat említik! Látod? Ők is rábólogatnak, megerősítik, hogy Laura fogja őket eligazítani. Nélküle nem dönthetnek! – mutatott feléjük kezével, diadalmaskodó mosollyal az arcán.

– Laura fogja őket eligazítani, ebben egyeztek meg, és már mennek is – erősítette meg újra, és teljesen megnyugodott. Kis ideig még meresztgette a szemét a sötétre, de miután mindenkit eltávozni látott, elfordította tekintetét az ablakról.

A két kutya is felengedett. Nagyokat ásítottak, letelepedtek a szőnyegre és leengedték fejüket a hosszan, előre kinyújtott lábukra.

Mama sóhajtott, és nagyon-nagyon elfáradva rádőlt párnáira.

Dóra úgy döntött, hogy itt az ideje kimennie az udvarra. Hívta a kutyáit is, de azok nem fogadtak szót. Az erélyesebb felszólításra felálltak ugyan, de farkukat két hátsó lábuk közé húzták, ami a félelem jele. Gazdájuk nem erőszakoskodott velük, bent hagyta őket a szobában. Egyedül közelített az ominózus hely felé. Nem volt ott már semmi más, csak egy nagy, foszló, az általános sötétségnél jóval világosabb ködfolt. Érdekes volt a jelenség, mert csak itt, ezen az egy helyen lehetett ködöt látni.

A lassan-lassan eltűnő ködfolt meggyőzte őt arról, hogy édesanyja valóban azt látta, amit kommentált. Lúdbőrös lett, majd a hideg kezdte el kirázni. Mégsem ment be azonnal. Megvárta, amíg homogén lesz a ködfolt helyén a sötétség, és csak ezután ment vissza a szobába.

– Dórikám, légy szíves tedd föl a lábamat is az ágyra, és fordíts az oldalamra, pihenni szeretnék egy kicsit! – szólt a kérés.

Az lett volna a természetes, ha ennyi élmény megélése után rögtön a mély alvás következik. De mintha csak energiát kapott volna a Mama, beszélgetésbe kezdett. Legfőképpen dédunokáit hiányolta, távolinak tartotta, hogy csak a tavaszi szünetben fogja őket legközelebb látni. Külön-külön mindegyik legjellemzőbb tulajdonságait elsorolta. Természetesen ezeknek a dédunokáknak csak jó és szép tulajdonságaik voltak általa. Aztán mint mindig, ugyanazzal a kéréssel fejezte be ezt a monológot:

– Ne felejts el mindennap hálát adni Istennek ezekért a csodálatos gyerekekért!

Végül annyira kimerült, hogy már beszélni is képtelen volt. Lánya elérkezettnek látta az időt, hogy ő vegye át a beszélgetés fonalát.

– Képzeld, Édesanya, Samu telefonált, hogy holnap érkezik, szeretne már találkozni veled. Én nagyon örülök neki, mert így el tudok menni az ügyeimet intézni. Már a körmömre égett az egyházadó befizetése is, és ha már ott járok, és ha te is beleegyezel, elhívom a papot, hogy imádkozzatok együtt egy kicsit. Talán jó lenne, ha meg is gyóntatna, de ezt majd ti ketten eldöntitek – mondta.

Nem kapott választ. Édesanyja ereje elfogyott, már elpilledőben volt. Dóra csak remélni tudta, hogy azért meghallotta az információt.

Kicsit kellemetlenül érezte magát, amiért füllentett, ugyanis idősebbik testvérét ő hívta fel és tanácsolta neki a látogatást. Mégis továbbra is helyesnek tartotta döntését.

Hazamegyek...

Amint a reggel széthúzta az éjszaka sötét függönyeit és utat engedett a nappal átlátszó fényeinek, megérkezett Samu, a legidősebbik testvér.

A kutyák már ébren voltak, de nem rótták az örvendező köreiket, nem jelezték előre a vendéget. Samu nem volt sem olyan gyakori, sem olyan hosszasan időző látogató, mint az öcs. Inkább csomagot küldött édesanyja születés- és névnapjára. Talán, úgy évente egyszer eljött a feleségével édesanyjához, de a vizit akkor sem nyúlt tovább néhány óránál. Viszont minden látogatáskor felajánlotta a segítségét, amiről testvére tudta, hogy az nem csak valami protokolláris közhely, hanem komolyan is gondolja. Ezért is merte Dóra úgy másfél évvel ezelőtt igénybe venni az ajánlatot, amikor két napra el kellett utaznia. A nappali gondozást elvégezte az alkalmazottja, a bátyja részéről a segítség a jelenléte volt, különös súllyal az éjszakákra.

Amikor az olajzöld Suzuki megállt a kapu előtt, Dóra sietett beütni a kódot, mivel testvére nem ismerte azt. Nem nyitotta ki előre a kaput, mert nem számított ennyire korai érkezésre. Pedig gondolhatott volna rá, mert amikor előző nap telefonon beszéltek, bátyja azt kérdezte, hogy induljon-e azonnal, vagy elég lesz-e hajnalban?

A kocsi a szokásos módon a parkolóba kanyarodott, majd óvatosan fékezve a körtefa alá állt. A nyíló ajtó résében először egy elegáns, makulátlanul fénylő, fekete cipő jelent meg, amit közvetlenül utána követett a párja, míg végül fekete bőrkabátban és bőrkalappal a fején előkerült Samu teljes életnagyságában. Bár nem a legelegánsabb kocsijával érkezett, megjelenése mégis pontosan tükrözte egzisztenciális helyzetét, ízlését és pedantériáját.

– Ha nem a bátyám lenne – gondolta Dóra –, gazdag maffiafőnöknek hinném.

Közben mosolygott magában, ami most nem is az érkező üdvözlésének szólt, hanem mert lelki szemei előtt az öccse jelent meg az abszolút puritán öltözködésével, a roppant egyszerű igényeivel. A két férfi kontrasztja akkora volt, hogy aki nem tudta, nem gondolta volna, hogy testvérek. Nemcsak az öltözködésben, gondolkodásmódban és viselkedésben nyilvánult ez meg, hanem az öröklött küllemükben is. Az öcs világos hajú és szikár, a báty sötét hajú és örökké a túlsúlyával eredménytelenül küszködő.

Samu ki sem vette a csomagjait a kocsiból, hanem rögtön Dóra felé közelített és kétségbeesetten kérdezte:

– Mondjad, Dórikám, nagy a baj? Indultam hajnalban, jöttem, ahogy tudtam. Mit segítsek, bemehetek hozzá? – dőlt belőle a szó egy szuszra, miközben idegesen toporgott és reszketett a szája széle.

– Már segítettél is azzal, hogy itt vagy. Biztosan alszik még Édesanya, de azért gyere, menjünk be hozzá! Tudja, hogy jössz, vár már téged!

Édesanyjuk nagyon-nagyon mélyen aludt, nem vette őket észre. Úgy feküdt ott selymes álmába burkolózva, mintha egy könnyű szellő a bőrét bársonyosra, vonásait puhára simogatta volna. Nagyon szép volt. Látszott, hogy Samu a látványtól megkönnyebbült.

Mivel reggelizni egyik testvérnek sem volt kedve, leültek a kanapéra és beszélgetni kezdtek.

Mennyi beszélgetést elnyelt már ez a kanapé! Titkokat, érzelmeket, reményeket, tervezgetéseket, múltbeli emlékeket. Mindenkiről mindent tudott, de semmit nem adott tovább. Bízhattak benne!

Úgy kétórányi beszélgetés után Samu bepakolt a számára kijelölt szobába, átöltözött kényelmes – de méregdrága – melegítőbe, majd visszatért a Mamihoz.

Testvére akkor már édesanyjukkal foglalkozott, a reggeli teendőket látta el.

– Jaj, fáj… – hallatta a beteg.
– Mi fáj, Édesanyám? – kérdezte Dóra.
– A hátam.
– Hát persze, biztosan elfeküdted. Kivesszük az egyik párnádat, hogy laposabban fekhess, aztán szépen az oldaladra fordulunk, megdörzsölgetem közben a hátadat és már jobb is lesz! A két térded közé teszünk egy kispárnát, hogy ne nyomják egymást, és így a combod sem fog húzódni.

Samu csak állt és árgus szemmel, döbbenten figyelt. Nem látott még ilyet.

A Mama most pillantotta meg a fiát.
– Megjöttél, Samukám?! – mosolygott elsőszülöttje felé.

Kölcsönösen kiörvendezték magukat egymásnak, miközben a Mama vidáman biztosította fiát, hogy ő nagyon jól van, nincs semmi baja. Samut váratlanul érte ez az optimizmus, megdöbbent a hallottakon, hiszen az nem volt szinkronban az iménti fájdalmakkal. Annyira megdöbbent, hogy – rá aztán igazán nem jellemző módon – még a szava is elakadt. De ezen a Mama könnyedén átsegítette.

– Mesélj, kisfiam, ti hogy vagytok, mi újság nálatok?

Jól ismerte fiát! Kérdésével feloldotta nála a blokkot, Samu fellélegzett és megállíthatatlanul dőlni kezdett belőle a szó. Amikor azt ecsetelte, hogy többszöri nekifutásra végül milyen jó és tartós ez a házassága és remek a vállalkozása, a Mama megjegyezte:

– Látod, Samukám, mindig mondtam, nem szabad feladni! A völgyek után mindig emelkedők következnek, amikre fel kell kapaszkodni! Az akadályok pedig azért vannak, hogy legyőzzük őket és akkor boldogulunk – mondta az utolsó szót már szinte álmában.

Samu meghökkent, amikor ilyen gyorsan elaludni látta őt.
– De hát… de hát… – dadogta, és összeszorult torkából nem tudta kipréselni a mondat további részét.

Döbbenten állt, talán azt várta, hogy hamar vége lesz ennek az álomnak és folytatják a beszélgetést.

– Nem fog egyhamar felébredni – világosította fel testvére. – Na, Samukám, kihasználom, hogy itt vagy. Nekem most el kell mennem, néhány dolgot elintézni. Te helyezd magad kényelembe, itt a tévéirányító, keress magadnak valamit! Igyekszem gyorsan vissza. Ha Édesanya nyugtalankodna, fordítsd vissza a hátára, szívószállal itass vele egy kis Nutridrinket vagy gyümölcslevet! De közben nyugodtan szundikálhatsz is! – biztatta.

Samu erre szabályosan felháborodott.

– Hogy képzeled? Én segíteni jöttem, nem pihenni! Dehogy merek én elaludni! Tévézni sem fogok, hoztam olvasnivalót. Csak az a baj – folytatta megjuhászodva –, hogy én nem merem megfordítani. Félek, hogy összetöröm, ha hozzányúlok.

– Nem fogod, csak óvatosan, lassan csináld! Tedd az egyik kezedet a vállára, a másikkal nyúlj a térdhajlat alá, aztán óvatosan told el magadtól, és egy pillanat alatt kész is! De ha félsz, fordíthatod a lepedővel együtt is. Ha ez sem megy, akkor itt van Kati száma, hívd föl, és bejön neked segíteni. Most a hátsó vizesblokkot takarítja, két perc alatt itt van, ha kell. Igyekszem, néhány óra múlva itt vagyok.

Amikor visszatért, minden változatlan volt. Testvére mégis kiborulva fogadta, mert kétségbeesett attól, hogy édesanyjuk nem ébredt fel mostanáig, és nem evett, nem ivott.

Dóra is megpróbálkozott a szívószálas itatással, de sikertelenül. Édesanyjuk anélkül, hogy felébredt volna, ismét jajgatni kezdett.

– Jól van, nincs semmi baj – vigasztalta Dóra –, most megint tornázunk egy kicsit, átfordulunk a másik oldalra, aztán megmasszírozom a hátadat és meglátod, újra minden jobb lesz! Te pedig, Édesanyám, jó kislány leszel, és cserében iszol egy kis almalevet.

Samu most is döbbenettel figyelte az attrakciót. Dóra látta rajta, hogy el sem tudta otthonról képzelni, hogy ez így megy. Azt meg talán nem is hitte, hogy az ő mozgékony, örökké határozott véleménnyel irányító édesanyja azonos ezzel az elesett, kiszolgáltatott kis testtel. Kétségbeesésében hol a saját halántékát masszírozta, hol a tarkójára feszítette összekulcsolt két kezét, mintha a vérkeringését akarná serkenteni, nehogy teste összeomoljon. Látszott, csak egy hajszál választja el a kiborulástól. Érezhette is ezt, mert kisvártatva elhagyta a szobát, kiment a szürkülő udvarra és céltalanul bolyongott.

Dóra mosolygott magában, mert pontosan tudta, hogy ugyanúgy, mint ahogyan ő szokott, bátyja is a sötétben és a magányban keresi az elviselhetőséget. Azt is tudta – amit bátyja még nem –, hogy nem fogja azt ott megtalálni.

A beteg pedig egyre gyakrabban jelzett fájdalmat halk kis jajgatásaival.

Samu semmivel sem jobb állapotban tért vissza, mint amilyenben volt, amikor a szobát elhagyta. Látszott, nem bírja feldolgozni a tehetetlenséget, már-már összeroppantja a súly. Kétségbeesve fordult testvéréhez:

– Mit tegyünk?

– Nem tudom – sóhajtotta a húga. – Szerinted hívjak orvost?

Testvére kérdéssel válaszolt:

– Jön Micu holnap?

– Nem. Ma utazott el valami konferenciára külföldre, azt sem tudom, hová, csak a jövő hét végén jön vissza. Valamelyik gyógyszercég szervezte, ha jól tudom, teljesen ingyenesen.

– Igen? – lepődött meg Samu. – Ismerem én ezeket az úgymond konferenciákat! – hangsúlyozott baljóslatúan.

– Én is részt vettem már ilyen konferencián a feleségemmel. Szuper szálloda, wellness, első osztályú kiszolgálás, kirándulások, tengerpart. Vica engem mindig visz magával! Meg hát, nem is engedném egyedül! Fiatal is, szép is, oda kell figyelnem! Nem, nem, vigyázni kell, nehogy leüssék a kezemről! – hunyorgott sokatmondóan.

Mire végigvezette eszmefuttatását, látszott, hogy valami szöget ütött a fejében. Fürkésző tekintettel fordult húgához.

– Te miért nem mentél Micuval?

- Samukááám, üsd meg a szád! Hát hogyan? Vinném magammal édesanyát is? – nyújtotta el Dóra a szót és tárta szét kétségbeesve karját.

Édesanyjuk újra nyögdécselt, fájdalmat jelzett. Dóra hozzáhajolt és kedveskedve próbálta meg rábírni, hogy engedje magát kiültetni a tolószékbe. Arra gondolt, hogy a sok fekvés miatt elgémberedtek a test izmai, változtatni kellene a pozíción. Amint sikerült éberre simogatnia, egyik kezével óvatosan a kis görbe hát alá nyúlt, másik kezével a térdhajlat alá – így hozva őt ülő helyzetbe – és kifordította az ágy szélére.

A rövid kis hát az utóbbi napokban úgy meggörbült, hogy a kérdőjel ívéhez lett hasonló. Így vártak pár percig, időt adva a nyugodt vérkeringés helyreállására. Édesanyjuk közben halkan suttogni kezdett.

- Megyek haza. Most már megyek haza! – suttogta bizakodva, és hol egyik, hol másik gyermekére nézett.

- Hová haza, Édesanyám? – kérdezték mindketten, miközben önkéntelenül is összenéztek. De nem jött felelet.

Megpróbálták kitalálni, hogy hol van az a haza, ahová édesanyjuk menni készül.

Sajnos a testvérek egyformán földhöz ragadtan gondolkodtak. Samu hajszálpontosan ugyanazokat a kérdéseket tette fel, amiket korábban egy-egy álom meghallgatása után testvére is feltett már. Ő is a régebbi lakhelyekre, iskolákra kérdezett rá, de a Mama csak ingatta a fejét és sejtelmesen mosolygott.

- Nem... nem..., buták vagytok ! – mosolyogta a mondatot.

A két utolsó szót nem sértőn, hanem évődve, kedvesen mondta, belerejtve némi büszkeséget, hogy ő olyan valamit tud, amit gyerekei nem. Azok leolvasták ezt az arcáról, és éppen ezért nem firtatták tovább a dolgot, nem akartak erőszakosak lenni.

Samu az ágy mellé gurította a tolókocsit, és mindenképpen segíteni akart a kiültetésben. Nagy igyekezetében feleslegesen ide-oda toporgott, inadekvát mozgássorokat hajtott végre, próbálkozott a beteg közelébe kerülni, miközben állandóan kérdezett: hová nyúljak, hogy csináljam, hová álljak?

Míg végül:

– Jaj, nem merem! – toporzékolt tehetetlenségében.

Testvére félreállította, nem volt szüksége a segítségre, ő már profi volt ebben. Minden segítség csak rontott volna a helyzeten. Szembeállt édesanyjával, annak két karja alatt átnyúlt, hátul deréktájon összekulcsolta csuklóját, óvatosan a mellkasához szorította a másik mellkast és különösebb nehézség nélkül, begyakorlottan átemelte a tolószékbe. Bátyja pedig csak tehetetlenül toporgott mellette.

A Mama teljesen apatikusnak tűnt, mintha nem is vett volna tudomást a történtekről. Nem érdekelte, mit tesznek vele, maga elé révedve, összeroskadva ült kerekes székében. Sem érzelmileg, sem mentálisan nem volt jelen. Ebből az állapotból még a sok mozgatás sem zökkentette ki.

Egy idő után lassan mégis felemelte a fejét. Arcáról és szeméből ismeretlen remény sugárzott. Hol egyik, hol másik gyermekére tekintett és újra megszólalt:

– Megyek haza… hazamegyek…! Most már hazamegyek! – bizonygatta reménykedve.

A két testvér döbbenten hallgatta és nem értették.

– De hát, hová haza? – kérdezgették.

– Nem tudom elmagyarázni… hazamegyek… – suttogta.

– De hát, itthon vagy. Ez az otthonod – bizonygatták.

– Á, dehogyis! – mosolyodott el finoman, majd újra ugyanazon a reménykedő hangon folytatta. – Most már hazamegyek! – szögezte le egy könnyű, mosolygós sóhajjal, és nem beszélt tovább, hiába kérdezgették.

Talán, ha akkor szépen, békén hagyják hazamenni…

De nem ezt tették, hanem tologatni kezdték a lakásban le s föl. Mama pedig úgy nézett körbe, mintha még sohasem járt volna ott, mintha most ismerkedne ezzel a környezettel. Hosszasan vizsgálgatta a falon lógó festményeket, a bútorokat, az apró dísztárgyakat.

– Jé, de érdekes, én ezeket ismerem… – szólt halkan, majd elnémult, és ismét visszahúzódott gondolataiba.

A testvérek pedig zavartan néztek egymásra, mindketten a másiktól vártak határozottságot és segítséget. De nem tudtak egymásnak segíteni, mert egyformán racionálisan tudtak csak gondolkodni. Nem engedték elméjüket szabadon szárnyalni és ráhangolódni édesanyjuk messzire suhanó gondolataira, amelyek talán nekik is megmutathatták volna azt a dimenziót, ahol a már sokat emlegetett „haza" rejlik.

Nem csoda, hogy Samu így, ezzel az egész helyzettel nem tudott mit kezdeni. De Dórának már értenie kellett volna! A kialvatlanság, a fáradtság és a mindenáron arra való törekvés, hogy itt tartsa édesanyját, azonban megakadályozták gondolatai szárnyalását. Egyikőjük sem értette meg édesanyjuk készülődésének mibenlétét. Még csak nem is gondoltak arra, hogy nem itt az árnyékvilágban, hanem valahol máshol kell keresni azt a hazát, ahová édesanyjuk menni készül, ahová időről időre, hosszabb-rövidebb ideig átlátogat.

Mélyeket hallgatva tologatták a lakásban a kerekes széket. A Mami pedig egyre fáradtabb lett, meghajlott háta még inkább előre görbült, feje lekókadt. Annyira elfáradt, hogy nem volt értelme továbbra is a tolószékben tartani. Csak akkor vették észre, hogy feltűnően csillog a szeme, amikor már készültek átemelni őt az ágyba. Lánya azonnal megmérte a lázát. Pici hőemelkedés mutatkozott, ami lassan egyre följebb emelte a higanyszálat, és ez döntötte el a továbbiakat. Hívták az orvosi ügyeletet.

Alig tette le Dóra a telefont, amikor az újból csörögni kezdett. Laura – írta ki a készülék.

– Anya, nem zavarlak? Bocs, hogy ilyen későn hívlak, de csak most jutottam időben ide. Már tegnap is hívni akartalak, de egész nap nem jutottam odáig. Éjszaka pedig már nem akartalak zavarni, hiszen aludnod is kell. Egyszerűen nem tudok megnyugodni, mert olyan furcsát álmodtam a Dédimamival kapcsolatban!

– Azért csak próbáld elmondani gyorsan és röviden! – kérlelte anyja.

– Azt hiszem, hogy nem is tudom elmesélni érthetően, mert én magam sem értem. Sokan, mintha egy nagy csoport lett volna, eljöttek hozzám és valamit mindenképpen meg akartak tudni tőlem. Nem emlékszem, hogy mit. Nem volt ez rossz álom, csak olyan bizarr. Azt hittem, elmúlik ez a fura érzés, de valahogy itt van bennem, valami feszültséget érzek. A teljes álomra nem emlékszem, csak a feszültség maradt meg. Mondd, hogy van Dédimama? Történt valami változás az utóbbi napokban? – darálta egy szuszra.

Mindezek hallatán Dórának azonnal eszébe jutott a Mama látomása a csuhás csoportról és arról, hogy felkeresik Laurát, és megkérdeznek valamit tőle. De a jelenlegi helyzetben nem tett erről említést, hiszen most nem ezt tartotta a legfontosabbnak.

– Jaj, kislányom, nem tudom, jól tettük-e, de keresztapáddal úgy döntöttünk, hogy mégis orvost hívtunk hozzá, pedig édesapád más véleményen van. Most mindketten itt őrlődünk, hogy helyesen cselekedtünk-e. Annyira tanácstalanok vagyunk! Borzasztó nehéz a döntés, hiszen nincsenek orvosi ismereteim. Édesapád szerint pedig nem lenne szabad kórházba vinni. Talán nem is tenném, ha nem kezdene belázasodni.

– Anya, nyugodj meg! Mindenképpen orvost kellett hozzá hívnod. Az a kötelességed, hogy mindent megtegyél, amire lehetőség van, hiszen mint mondod, te nem értesz hozzá. Szakember segítségére van szükség. Képzeld csak el, ha nem ezt teszed, hogyan számolsz el a lelkiismereteddel, ha súlyosbodik a Dédi állapota? Majd az orvosi vizsgálat után okosabb leszel és könnyebben döntesz.

– Le kell tennem, kislányom, megérkezett az orvos. De köszönöm, nagyon sokat segítettél. Köszönöm! – hálálkodott.

– Reggel jövök! Puszi, anya!

A kórházban

Az ügyeletes orvos nagyon gyorsan érkezett. A kellemes, lelkiismeretes, fiatal orvos körültekintően vizsgált. Gyönge pulzust és bizonytalan, kezdődő tüdőgyulladást észlelt. Nem akart semmilyen rizikót vállalni, azonnal hívta a mentőt. A mentős is rögtön vizsgálódni kezdett. Amint kitapogatta a gyenge pulzust és észlelte az alig-vérnyomást, nem késlekedett, azonnal a szállítás mellett döntött.

Dóra beöltöztette a kis testet a lila overallba, lábára a meleg báránymamuszt, fejére a puha mohairsapkát adta.

Az ápolók behozták a hordágyat, amin rendszerint szállítani szokták a betegeket. Lehajoltak, hogy a szokásos módon ráemeljék a kis testet, de közben az egyikük meggondolta magát. Szemével intett társának, aki azonnal megértette, és kitolta a hordágyat a szobából és visszahelyezte a mentőautóba. Eközben a másik hatalmasra kigyúrt felsőtestével lehajolt az ágyhoz, és két izmos kezével a kis test alá nyúlva felnyalábolta, és mint egy gyermeket tartotta karjaiban. Rövid ujjú pólójából kidomborodó bicepszei vidáman táncolva emelték a számukra könnyű kis terhet.

A mentő nem tartott kitérőt, nem vett fel más beteget. Átszelte a fekete levegőt, és egyenesen a kórházhoz vette útját.

Dóra a saját kocsijával követte őket. A sötét utcák kihaltak voltak már, így hamar eljutottak a kórházba.

A szállítók gondosan kiemelték a Mamát a kerekes hordággyal a mentőből, és betolták a kórház folyosójára, az ambulancia elé. Az egyik ápoló bekopogtatott, mire egy fehér köpenyes nő jelent meg az ajtóban, és miközben átvette a papírokat, már tárta is szélesre a vizsgáló ajtaját, hogy a fiúk a hordágyat minden gond nélkül betolhassák. Már a folyosón is kellemes meleg fogadta az érkezőket, de a vizsgálóban még melegebb volt, ami az utcai ruhába öltözött emberek arcára rögtön pírt varázsolt. Az átadók és a fogadó nővér alig néhány szót váltottak csak, mégis ment minden a maga útján, begyakorlottan. Mint korábban is tapasztalható volt, a mentősök most is nagy szakértelemmel és gonddal emelték át a beteget a hordágyról a vizsgálóasztalra. Miután a fogadó nővér igazolta a beteg átvételét, a mentősök dolga be is fejeződött. Magukkal gurítva hordágyukat távoztak.

A beteg egyetlen pillantást vetett a lányára, de ettől eltekintve teljesen apatikusan feküdt a vizsgálóasztalon. Egykedvűen szemlélte a plafont, nem érdekelte, mi történik vele, nem érdekelte, hol van, és miért hozták ide.

A fehér köpenyes nővér a munkaasztalhoz lépdelt. Előbb telefonált az ügyeletes orvosnak, majd az adatokat kezdte el a számítógépbe bevinni. Közben Dóra elkezdte kihámozni édesanyját a meleg ruhákból, de a nővér kedvesen elutasította, és maga végezte el a vetkőztetést. Egészen lecsupaszította a beteget, majd egy lepedővel betakarta. Pontosan ekkorra érkezett meg a betegfelvételt végző orvos.

Középkorú, magas, vékony férfi volt, tulajdonképpen szimpatikus külsővel. Amint belépett, először a beteghez közelített, köszöntötte, kitapogatta a pulzust, megnézte a nyelvet. Ezután az adminisztrációs asztalhoz fordult, és a számítógép monitorát tanulmányozta. Végül ismét a beteghez lépdelt, és folytatta az imént félbehagyott vizsgálatot. Nagyon tüzetesen és nagyon átfogóan vizsgálódott, és közben Dórához fordult.

– Milyen panasszal hozták be a beteget? – kérdezte egészen normális hangnemben.

– Láza volt, és az ügyeletes orvos kezdődő tüdőgyulladást észlelt – válaszolta Dóra.

Erre az orvos dühbe gurult és haraggal reccsent a nőre:

– Az nem panasz! Azt, hogy mi a baja, én állapítom meg! Ez az ügyeletes nem ért semmihez, egy csomó helyről kivágták már, most meg itt okoskodik. Egyébként is azt tudom, hogy mivel küldte be, itt áll a beutalón. De nincs tüdőgyulladás! Majd a műszeres vizsgálatok megmutatják, hogy mi van! Mi a panasz? – förmedt rá ismét Dórára.

Dóra ledermedt a hangnemtől és attól is, amit hallott. Hú, de szerette volna kiosztani ezt az idegbajost, mégsem tette, pedig nagyon dühös lett. Nem a neveltetése tartotta vissza, hanem a kiszolgáltatottsága és az érdeke. Már azt is értette, miért panaszkodnak a betegek gyakran erre a kórházra, és úgy általában miért viseltetnek ellenszenvvel az orvosok iránt. Elég egy ilyen modorú, és az emberek általánosítanak.

Legszívesebben egészen mást mondott volna, de édesanyja érdekében visszafogta magát, ugyanakkor mégis olyan választ akart adni az orvosnak, amiből az érzi, hogy bántó a hasonló modor.

– Akkor az is ott áll a beutalón, amiért az ügyeletet hívtuk hozzá! – válaszolta.

Kicsivel később még megkérdezte az orvostól, hogy mit állapított meg, de semmivel sem lett okosabb, mert az orvos a válasszal csak a másnapi műszeres vizsgálatokra utalt, és a világért sem árulta volna el saját véleményét.

Ezután már minden gépiesen ment. Elhelyezték a Mamát a belgyógyászati osztályon, ahol azonnal infúzióra kötötték.

A kórterem szép tiszta volt, csak a hozzá tartozó zuhanyozó-vécéből kiszivárgó vizelet szaga volt kellemetlen. Sajnos ez reggelig mindig így is marad, amíg meg nem érkezik a takarítóbrigád.

A betegek viszonylag békésen aludtak, tehát megszokták ezt az „illatot", csak a látogatók és az újonnan érkezők tudták nehezen tolerálni.

A hatalmas üvegfal, amivel a kórterem az udvarra nézett, üvegházhatást eredményezett. A legkisebb napsütés is felforralta a kórtermet, akár volt rá szükség, akár nem. Hát, még ha hét ágra sütött a nap! Akkor olyan volt, akár egy szauna.

A betegek minduntalan megpróbálták a napszítta sötétítő függönyökkel a napsugár útját megállítani, de hiába rángatták jobbról balra vagy balról jobbra, valamelyik oldalon mindig kikandikált az eltakaratlan üveg széles sávja. A régebben bent fekvők már nem próbálkoztak, mert ők tapasztalatból tudták, hogy a függöny keskenyebb, mint az ablak. Belenyugodtak, mert azt is megtapasztalták, hogy mindennap magától is megoldódik a probléma.

„Csak" a nappalokat kell valahogy átvészelni, aztán mindig eljön az este, amikor a nap leszáll, a kórterem hőmérséklete kellemessé válik. Nem kell tovább szenvedni a napfénytől, már csak a másik ellenség marad, a huzat. A nővérek mindig – éjjel és nappal is – kereszthuzatot csinálnak, hogy elviselhetővé tegyék a nem kívánt szagokat és a nagy ablak melegház-hatását. Ezzel a törekvéssel az egyetlen probléma csak az, hogy nem mindenki szereti a huzatot. Még olyan beteg is van, akit kifejezetten zavar, sőt olyan is akad, aki érzékeny rá. De kit érdekel?!

A vaságy katasztrofális állapotban volt. Középen a sodrony annyira elgyengült a sok használattól, hogy már a matrac súlya alatt is begörbült. Hát még ha egy akármilyen súlyú beteget belefektettek! És ebben kellett a betegnek feküdnie éjjel és nappal, napokon, sőt volt, akinek heteken át! Valahol külföldön leselejtezték ezeket az ágyakat és matracokat, amikről az illetékes magyar szakemberek úgy döntöttek, jó ez még nálunk. Hát persze, hiszen nem ők fekszenek benne! Ugyanígy kerültek a kórház birtokába a sokfunkciós tolószékek is, amikkel szintén csak annyi a baj, hogy túl öregek. Rozsdásak és nyikorognak, néhol egy-egy vaspálca balesetveszélyesen mered a semmibe.

A kórteremben még másik négy női beteg feküdt. Mindegyik ágy mellett ott állt egy állvány, melyről az infúziós zacskó lógott le, ami a vénába csatlakozott, hogy a folyadékot cseppenként juttassa be a szervezetükbe, amiből a folyadék megváltozott állapotban, a takaró alól kilógó másik zacskóba csöpögve távozott.

Az éjszakás nővér gépiesen elsorolta, hogy másnap miket kell a beteg részére bevinni. További teendő nem volt. Megvárták, amíg édesanyjuk elalszik, és a két testvér is távozott.

Reggel, még a vizit előtt Dóra már ismét a kórházban volt. Ezúttal Peti kísérte el. Édesanyjuk aludt, nem is észlelte, hogy infúzió folyik a vénájába. Ő nem kapott katétert. Lányának első dolga a pelenkacsere volt, amiről a beteg tudomást sem vett. Bármi történhetett vele, nem észlelte, nem tudatos lényként feküdt ott, csak egy kis meleg test volt.

A korai vizit alatt a főorvos asszony odaadással vizsgálta és diktálta a nővérnek az elvégzendő laborvizsgálatokat. Minden mozdulatáról lerítt a biztos tudás, az alaposság és a törődés. Vajon miért nem tudnak a nővérek is ilyen odaadással bánni a betegekkel? A vizit után a főorvos asszony még nem tudott semmit mondani, hiszen az egyéb vizsgálatok csak ezután kezdődtek.

Röviddel a vizit után Laura is megérkezett. Bár ő maga is orvos volt, mégis megdöbbent, amikor szembesült saját nagymamája látványával. Kegyetlen és megszokhatatlan élmény bárkinek a halálközeli állapotát látni, de leírhatatlan a fájdalom, ha saját szerettünket találjuk ebben a szituációban. Ő sem tudott tárgyilagos maradni, nem bírta magát tartani. Kizökkent a tanulmányai által megszerzett tartásból, síró kisgyerekké vált, aki anyjától várt védelmet és segítséget.

– Anya, anya… most mit tegyünk? – zokogta bele anyja vállába.

Hiábavaló volt a kérdés, nem kapott rá választ. Most anyja sem volt nagy és erős.

A külső szemlélő számára az elkövetkező napok látszólag eseménytelenül zajlottak. A látogatók csak abban észleltek változást, hogy miközben a kis öregek csendben feküdtek a náluknál is rozzantabb ágyakon, időnként nem a vízszínű infúziós palack csatlakozott a vénájukba, hanem vörös zacskókból szívták magukba elhasznált ereiken keresztül a sűrű vért. Ilyenkor sápadt arcukon lángoló, vörös rózsák virítottak, és ajkuk kivörösödött pergamenszerű bőrük alatt. Tekintetük nyíltabbá és élénkebbé vált.

A labor- és egyéb vizsgálatok eredményei hamar megszülettek. A legnagyobb problémát a vese elégtelen működése okozta. A PCP már minden mozgás- és belső szervet károsított, de leginkább a veséket. Alig volt már vesefunkció. Sajnos, minden idevonatkozó kezelés ellenére sem tudtak javítani az értékeken. A nyugati orvostudomány szerint már nem volt miben bizakodni. Dóra naponta reménykedő kérdéseivel ostromolta a főorvos asszonyt, aki türelmes és együtt érző volt, de nem tudott és nem is akart hamis ábrándokat kelteni a hozzátartozókban. A leghelyesebb utat választotta, az őszinteséget.

Egyik alkalommal a két testvér délelőtti látogatásakor éppen vér csöpögött édesanyjuk vénájába, miközben ő maga nem volt tudatánál. A testvérek bizakodva várták az ébredést, hogy kontaktust teremthessenek vele. Hol a kórteremben várakoztak, hol a folyosón sétálgattak, így tolva maguk előtt az időt.

Sétája közben Peti az állványhoz kanyarodott és tanulmányozni kezdte a vérrel teli zacskót, majd mosolyogva a nővéréhez fordult:

– Te milyen vércsoportú vagy?

– AB-s – jött a válasz. – És te?

– Én 0-ás és képzeld, édesanya is 0-ás! Most olvastam éppen a zacskón.

– Látod, lehet, hogy ez is egy szál, amiért annyira kötődik hozzád.

– De hát ő ezt nem tudja!

– Szerinted tudnia kell?

Peti gondolataiba mélyedt egy pillanatra, majd felemelte fejét és nővére arcába nézett.

– Igaz. Nem a tudatosság számít!

A betegek reggeliztetése érdekesen zajlott. Egy fehér köpenyes fiatalember betolta a reggeliztető kocsit, amin fényes – az EU-s szabványnak megfelelő – edények, evőeszközök voltak. A kocsi is és minden eszköz, ami rajta volt, ragyogott a tisztaságtól. Már a látvány is ingerlően hatott azokra, akiknek még volt étvágyuk. A fiatalember az egyik kezében a füzetet tartotta, amiben a pontos instrukciók álltak a személyre szabott reggeliről. Sosem tévedett, az adminisztráció abszolút pontos volt. Gépiesen, pillanatok alatt mindenkinek az éjjeliszekrényére rakta tálcástól az adagokat. Majd egyik kezében a teás-, másikban a káváskannával lépdelt ágyról ágyra. Akinek nem volt kiírása arra, hogy mit ihat, annak felajánlotta a választás lehetőségét. Aki semmit sem válaszolt a kérdésre, az kapott valamelyik folyadékból csak úgy találomra. Nem is volt ezzel az egész eljárással semmi baj azok között, akik fel tudtak ülni és önállóan enni és inni. A hosszú éjszaka után ők alig várták, hogy leemelhessék a fényes tányérok fedelét és szájukhoz vigyék az első falatokat. Bár nem maradt el a kritika a minőséget és a mennyiséget illetőleg, de azt inkább csak divatból tették. Valójában nagyon ízletes volt minden étel.

Volt a kórteremben egy 90 év körüli beteg, aki rendszerint egész nap és egész éjjel aludt, semmiről sem vett tudomást, de amikor az étel megérkezett, felült, és válogatás nélkül habzsolva tömte szájába a falatokat. Dóra mindig irigykedve nézte ezt a nagy étvágyat és azt kívánta, bárcsak az ő édesanyja is elfogadna már valamit. De nem, ő továbbra sem evett semmit! Viszont egyik reggelre a 90 év körüli beteg ágya mégis megüresedett.

Egy másik ágyon egy 70 körüli beteg feküdt, aki sem felülni, sem a kezét felemelni nem tudta, így hozzá sem nyúlt az ételhez, csak szaporán pislogott és várta, hogy segítsen neki valaki. Hát, arra bizony hiába várt!

Úgy fél óra múlva a fiatalember az üres ételes kocsival ismét megjelent és mechanikusan, szó nélkül elkezdte az éjjeliszekrényekről az edényeket összeszedni. A mozgáskorlátozott beteg érintetlen reggelijét is felkapta és már vitte is. Dóra rászólt:

– Ne vigye el a tálcát, hiszen a beteg nem reggelizett!

– Arról én nem tehetek, eltelt fél óra, össze kell szednem az edényt, és le kell vele számolnom a konyhán.

– Nem, előbb etesse meg a nénit! – parancsolta Dóra.

- Nem lehet! - tiltakozott a fiatalember. - Én nem vagyok szakképzett ápoló, nem etethetem meg a beteget. Hozzá sem nyúlhatok, tiltja a szabályzat.

- Akkor kérem, hívjon egy ápolót, aki megetetheti!

A fiatalember engedelmeskedett. Kisvártatva visszajött, és tehetetlenül tárta szét a karját.

- Sajnos nincs szabad nővér, mind foglalt, be kell fejezniük az adminisztrációt.

Dóra nem szólt semmit, csak a beteg ágyához ment, felültette, ő maga leült az ágy szélére és komótosan elkezdte az etetést. A fiatalember belezavarodott az eseményekbe. Megindult a kocsival kifelé, de mégis megtorpant és magyarázni kezdett.

- Én nem hagyhatom itt az edényeket, el kell velük számoljak.

Dóra előbb szóra sem méltatta, de aztán csak megsajnálta, mert nem tapasztalt a férfiban rosszindulatot vagy gőgöt. Hozzá fordult:

- Fiatalember, amire összeszedi a többi kórteremből is az edényeket, addigra mi is elkészülünk. Akkor legyen szíves visszajönni, és elvinni ezeket is! Én pedig garanciát vállalok arra, hogy vigyázok a darabszámra és hiánytalanul adom át magának. A férfi fellélegzett, és boldogan egyezett bele a felajánlott lehetőségbe.

Dóra még aznap délelőtt alkalmat keresett arra, hogy a főnővér figyelmét felhívja a magatehetetlen beteg reggelizésének megoldására. Meglepte a válasz.

- Mi nem vagyunk hibásak! Teljesen túlterheltek vagyunk. Sajnos most is létszámhiánnyal dolgozunk, egyszerűen nem jut időnk mindenre. Hiába hirdetünk, nem jelentkeznek nővérek a betöltetlen állásokra, mert nagyon kevés a kereset. Egyébként pedig a betegek egymást is meg szokták etetni. Ebben a kórteremben miért nem segítenek a társuknak?

Viszonylagos volt a nővérek túlterheltsége. Az is látszott, hogy valóban dolgoznak, de bizony sokat sziesztáztak is. Bár az épületben nem volt szabad dohányozni, megtalálták a módját mégis. A nővéri függőfolyosón csoportokba verődve fújták a füstöt. Nem sértettek szabályt, hiszen innen a füst a szabadba távozott. Gyakran 15–20 percig is eltartott egy ilyen vihorászós cigiszünet. Az éjszakás nővér rendszerint egyedül dohányzott ugyanazon a helyen. Az ő szünete is elhúzódó volt. Hát persze, hiszen nem sietett sehová, reggelig mindenképpen maradnia kellett. Ugyancsak az éjszakás nővér akkor is szünetet tartott, amikor a barátja meglátogatta. Igen, a munkahelyén! Miért is ne? Kinek ártanak vele? A fiatalember a nővérszobában leült a kanapéra. Kedvese, az ügyeletes nővér szemben vele leguggolt eléje, és két karjával rákönyökölt a férfi nyitott combjaira. Hogy nem illő, hogy nem idevaló a póz? Micsoda rosszindulat ez? Hiszen nem vetkőztek le! Bizonyára kellemesebb volt így társalogni.

Felületesek voltak a betegekkel, amitől azok bizony szenvedtek. De nem mert szólni egyik beteg sem. Csak egymás között pusmogtak és panaszkodtak. Kiszolgáltatottak voltak, féltek a bosszútól.

Dóra osztotta a nővéreknek a borravalókat, hordta nekik az ajándékokat, ez sem segített. Amikor a pénzt odaadta, akkor feltűnően elvégeztek egy pelenkacserét. De csak egyet! Mintha demonstrálták volna, hogy ennyi pénzért csak ennyi jár. Aztán minden maradt a régiben. Ugyanúgy hagyták a szennyes pelenkában dunsztolódni édesanyját, mint a többi beteget, akinek a hozzátartozója nem osztotta a borravalót.

Egyik reggel jóval a vizit előtt érkezett és azt látta, hogy édesanyja didereg az ágyban. Gyorsan hívta az ügyeletes főorvos asszonyt, aki nem értette a didergés okát, hisz a kórteremben meleg volt. A kórterem többi lakója elmesélte, hogy a beteget – még az este, mert nyugtalankodott – ágyastul áttolták a nővérek egy fűtetlen, üres kórterembe, ahol a beteg egész éjjel takaróért kiabált, de nem adtak neki. Senki be sem ment hozzá! Most reggel, éppen a lánya érkezésekor hozták vissza, ezért nem volt még ideje felmelegedni.

A főorvos asszony azonnal megvizsgálta, azonnal adott neki egy antibiotikum injekciót, majd röntgenre küldte. Közben megnyugtatta Dórát, hogy ő intézkedik az eset miatt. Dóra szegény szólni sem mert, félt a nővérek bosszújától, de nem vitt nekik több ajándékot.

Úgy általában rettenetes hangulat uralkodott ezen az osztályon. Nem volt kellemes itt sem betegnek, sem hozzátartozónak. De rosszul érezték magukat a dolgozók is. Mindenki teli volt sérelmekkel, sebekkel. Csak úgy, mint ez a főorvosnő is, aki egész éjjel ügyelt, majd pihenő nélkül reggel elkezdte az osztályos munkát a vizittel. Kócos, félrelapult hajfonata arról árulkodott, hogy aludt is valamennyit az éjszaka, de nyilván nem volt kipihent, mert elvesztette önkontrollját. Míg járta a kórtermeket, politikai nézeteinek adott hangot. Fröcskölt belőle a düh, az elégedetlenség, a megalázottság. A nővér, aki szó nélkül követte, nyilvánvalóan egyetértett vele, hiszen ugyanabban a csónakban eveztek. De ő nem szólalt meg, mert mint ahogy senki, ő sem értette, hogy jön ez most ide, de az csak sorjázta felháborodva:

– Ez a kormány mindent elvesz tőlünk. Nem rendezi a fizetésünket, éhbérért dolgoztat bennünket, szabálytalanul sok túlórát varr a nyakunkba megalázó bérért. Ugyanakkor felelősséget vár el tőlünk. Jönne csak ide valamelyikük és próbálna meg 15 órát egyfolytában ledolgozni, és közben nem hibázni! Ők milliós béreket vesznek fel, a mi fizetésünk pedig egyenlő a segédmunkás fizetésével. Ezzel is lejárat bennünket, mert utálja, és ezért megalázza az orvosokat. Még a presztízsünkbe is belegázol azzal, hogy azt sugallja az embereknek, hogy még csak ne is szólítsanak bennünket doktornőnek, doktor úrnak. Amikor kis taknyosként kikerültem az egyetemről, a betegek máris doktor néninek szólítottak. Most meg? Azt mondják, hogy „maga"…

És dőlt belőle a felháborodás, miközben végezte orvosi feladatait a kórtermekben.

Csoda

Amikor Dóra, Laura és Péter esti látogatásukat tették, szerét ejtették, hogy Laura beszéljen az ügyeletes orvossal. Talán valami csodában reménykedtek, talán azt hitték, hogy tőle valami mást fognak hallani. Az ügyeletes orvos átvizsgálta a leleteket és nagyon őszintén, tárgyilagosan elemezve azokat elmondta, hogy annyira gyöngék az életfunkciók, hogy reggelig megtörténhet a beteg végleges távozása.

A beteg részéről már a tudatos búcsúzás sem valószínű, hiszen alig-alig tér magához egy-egy pillanatra. Nem lehetett már miben reménykedni! Leroskadtak a folyosó egyik kiszögellésében elhelyezett székekre, és hallgatagon mélyedtek a tanácstalanságba.

Laurának vissza kellett utaznia Budapestre, hiszen másnap reggel dolgoznia kellett. A két testvér kikísérte őt a kocsijához, majd visszamentek a kórterembe. Édesanyjuk eszméletlenül feküdt, és hörögve szedte a levegőt. Látszott, minden egyes lélegzetvétel komoly harcot jelentett számára. A testvérek hol rá, hol egymásra néztek. A kórterem lakói pedig hármuk szenvedését figyelték csendben, szó nélkül. Peti szólalt meg:

– Hívjunk papot!

– Igen, ezt kell tennünk! – bólintott Dóra. Mindketten tudták, nincs idejük késlekedni.

Kint már koromsötét volt. Sietve indultak a szemközti karmelita templomba, ahol éjjel-nappal a rászorulók segítségére álltak a papok.

Amikor a templom hatalmas ajtaját bezárva találták, mindketten kétségbe estek attól, hogy nem érnek célt, nem tudnak bejutni, nem tudják a Szentséget elvinni édesanyjuknak. A fejmagasságban lévő kilincs mégis engedelmeskedett, a nagy ajtó könnyedén fordult sarkán és beengedte őket a sötét-homályos és üres előtérbe. Bent egy vasrácsos kerítés pár méter szélességű előteret választott le a templom hajójából. Az első pillanatban ez a vasrács azt sugallta, hogy nem lehet továbbmenni, remény sincs éber személlyel találkozni. Mégis, amint szemük alkalmazkodott a sötéthez, a jobb oldalon felfedeztek egy kisebb, zárt ajtót, ami mellett fehéren kirajzolódott a csengő gombja. Peti gondolkodás nélkül, hirtelen mozdulattal megnyomta. Szinte várni sem kellett, azonnal kilépett egy civil ruhás fiatal, magas férfi és meghallgatta őket. Végig sem kellett mondaniuk kérésüket, a pap mindent értett.

– Kérem, menjenek vissza a kórházba, én magamhoz veszem a Szentséget és nagyon gyorsan ott leszek. Hányas kórterem? – kérdezte még, és már fordult is vissza a sekrestyébe.

Amikor a testvérek visszaértek a kórterembe, édesanyjukat hasonló állapotban találták, mint ahogyan otthagyták. Nem tért magához, és a hörgés sem hagyott alább. Ezt leszámítva a kórtermet csend ülte meg. A betegek megszeppenve figyelték, hogy az aktuális hörgést újabb hörgés vagy a végtelen csend követi-e. A szomszédos ágyon fekvő beteg csak szemével jelzett az érkezőknek, hogy semmi változás nem történt, amíg távol voltak.

A testvérek megálltak az ágy mellett, keresztet vetettek és halkan imádkozni kezdtek. Az összes beteg csatlakozott hozzájuk. Még be sem fejezték a Miatyánkot, amint a fiatal pap megérkezett, magával hozva a megszentelt kellékeket. Civilben volt, nem töltötte azzal az időt, hogy papi ruhát vegyen fel. Ezért tudott hamar odaérni, pedig útközben még az ügyeletes orvossal is beszélt, aki megerősítette, hogy bizony a beteg távozóban van, nem valószínű, hogy megéri a reggelt.

A felszentelt férfi láttán Dórából megkönnyebbült zokogás tört ki. Öccse hang nélkül állt, csak a könnyei csorogtak lefelé arcán. Sikerült! Hála Istennek, magához veheti a Szentséget! – lélegeztek fel mindketten.

A pap elkezdte az imát, és mindenki vele imádkozott, csak a Mami nem. Ő változatlanul tovább hörgött, és nem tért eszméletére. Mivel ő maga nem volt arra képes, hogy megáldozzék, ezért a pap saját tenyerével érintette a beteg homlokát, így igyekezve átadni neki a Szentséget és a feloldozást. És éppen akkor, amikor a pap megkente őt a megszentelt olajjal, valami megfoghatatlan dolog történt! A Mami egy nagy levegőt belélegzett, majd egy hatalmasat kisóhajtott úgy, mintha egy szuszra valami tömény rosszat lehelt volna ki magából.

A kórterem elnémult, a többi beteg ijedten várta a következő pillanatot. Mindannyiuk meglepetésére a következő pillanatban nem az eddigi hörgés folytatódott, nem is az abszolút csend következett be, hanem puha, halk légzéshangok váltották egymást szabályos, nyugodt ütemben. A betegesen sápadt arcra lassan enyhe pír költözött, a vonások kigömbölyödtek. Bár az ébredésnek nyoma sem volt, a csendes, békés alvás egyértelművé lett. Szép csöndben minden a helyére került. A pap eltávozott, a kórterem többi lakója megkönnyebbülve aludt el.

Csak a két testvér nem találta a helyét. Nem merték elhagyni a kórházat. Őrködtek, nehogy ismét áttolják a nővérek édesanyjukat egy fűtetlen kórterembe. Úgy éjfél körül sikerült találkozni az ügyeletes orvossal, aki garantálta, hogy az eset még egyszer nem fog megismétlődni. Hinni akartak neki!

Másnap korán reggel, amikor a testvérek a kórházba értek, meglepetésükre az édesanyjuk nem feküdt az ágyban, hanem ült. Egyik kezével a vasrácsba kapaszkodott, amit néhány órája helyeztek fel az ápolók az ágy két oldalára. Az történt ugyanis, hogy a Mami hajnalban felébredt, felült, és reggelit kért. Annyira mozgékony lett, hogy védelmében az orvos elrendelte a rácsok felhelyezését. Amikor meglátta gyermekeit, felszabadult, vidám mosolyt küldött feléjük és szabad kezével integetni kezdett:

– Hahó, jó reggelt, itt vagyok!

A testvéreknek előbb földbe gyökerezett a lábuk a meglepetéstől, ezért csak néhány pillanat elteltével tudták viszonozni az örömteli üdvözlést. Lánya úgy érezte, hogy Isten őt jutalmazta meg.

– Igen, Édesanya, újra itt vagy, és mi nagyon örülünk neked!

– De hol vagyok itt? – nézett körbe ijedten a beteg.

– Mi ez? Szociális otthonban vagyok? Dórika, te betettél engem egy otthonba, hogy megszabadulj tőlem? Hogy tehetted ezt velem? Soha, de soha nem feltételeztem ezt rólad! Meg sem álmodtam volna, hogy te erre képes vagy!

– Jaj, Édesanyám, nyugodj meg! Ez kórház, és nem szociális otthon. Sohasem tennélek be, azt szeretném, ha mindig velem lennél! Beteg voltál, kórházba kerültél, de ha jobban leszel, újra megyünk haza. Hidd el! Még ma beszélek a főorvos asszonnyal.

Éppen csak véget ért az osztályon a főorvosi vizit, amikor megérkezett Laura a férjével és mind a négy gyermekével. Dédimama és dédunokák! Talán nincs is ennél felemelőbb élmény.

Még ki sem gombolkoztak, amikor ismerős arcok jelentek meg a kórházi folyosón. Margitka néni – a beteg egyetlen élő testvérhúga – és lánya.

Mami hol egyik, hol másik rokonát pásztázta tekintetével. Mosolygós volt, és feltétel nélkül boldog.

Margitkáék nagyon meglepődtek, és ennek örömmel hangot is adtak, mert sokkal rosszabbra számítottak. Dóra a telefonban úgy írta le édesanyja állapotát, mint aki bármelyik pillanatban meghalhat. A rokonok tehát búcsúzni jöttek, nem számítottak rá, hogy egy életvidám személy fogadja őket. Margitka néni többször is elismételte, hogy ő milyen boldog, mert a testvére még most nem fog meghalni.

Peti elmesélte nekik az utolsó kenet történetét, azt, ami az utolsó kenet felvételekor történt, amit a kórházi szoba többi lakója is megerősített, hiszen ők is átélték. Nem fért kétség hozzá, csoda történt!

Újra otthon

Másnap délelőtt a beteg engedélyt kapott a távozásra.

A laborvizsgálatok továbbra sem mutattak gyógyulással kecsegtető eredményeket. Semmi jel nem mutatott arra sem, hogy a jelenlegi orvoslás bármi javulást el tudna még érni. Egyértelmű volt, hogy a szervezet elhasználódott, a folyamat irreverzibilissé vált. De minderre rácáfolt a beteg kedélyállapota és jelenlegi közérzete.

Ráadásul a beteg haza akart menni, a hozzátartozók pedig haza akarták vinni, így a kórház nem tartotta vissza. Viszont még javasolták a napi 2 zacskó infúzió folytatását otthon is.

A főorvos asszony biztosította őket, hogy elintézi a betegszállítást.

Dóra megkereste a főnővért, pénzt adott neki és megkérte, hogy szállítás előtt öltöztesse fel édesanyját, nehogy megfázzon. Odakészítette a meleg overallt, sapkát, sálat, mamuszt. Aztán bízva a szakképzett személyzetben, megnyugodva hazament, és várta a betegszállítót. Türelmesen vár egész délelőtt, mígnem nyugtalanságának engedve, dél körül felhívta a kórházat. Biztosították, hogy most már rövidesen viszik a beteget. Délután 3-kor ismét érdeklődött. Ugyanazt a választ kapta. 5 órakor még mindig nem érkezett meg a betegszállító, így újra érdeklődött. A válasz ugyanaz volt. Ekkor ő maga és Peti kocsiba ültek, és bementek a kórházba.

Édesanyjuk elpilledve feküdt a kórházi ágyon, beöltöztetve a meleg holmikba. Csurgott a homlokán a víz a 24 Celsius-fokban.

A következő történt: A főnővér délelőttös műszakban dolgozott, ami 2 órakor lejárt. Ezért 1 óra körül ráadta a betegre az elkészített téli holmikat, és mint aki jól végezte dolgát, távozott. Innentől kezdve aztán senkit sem érdekelt tovább a beteg sorsa. Nem etették, nem itatták, nem tették tisztába, hagyták főni a meleg overallban.

Dóra először megitatta, aztán kihámozta ruháiból, majd lecserélte a nyirkos fehérneműt szárazra, végül pedig újra felöltöztette a meleg utcai ruhákba. Eközben Peti keresett egy kerekes széket, az ágy mellé állította, végül pedig beleültette a beteget. Kitolta a rossz, nyikorgós széket a parkolóba, oda, ahol Dóra kocsija állt. Még otthon elkészítették a kocsiban a fekhelyet. Szerencsére a Ford SMax hátsó üléseit és csomagterét vízszintesre lehetett állítani, amire egy Dormeo matracot fektetve, igazán kényelmes ágyat készítettek.

Mindketten túlságosan dühösek voltak ahhoz, hogy beszéljenek a kórházi személyzettel, hogy engedélyt kérjenek a távozásra. Hát, ami azt illeti, nem is volt nehéz dolguk, hiszen nem is érdekelt senkit, hogy mit tesznek. A kutya sem kérdezte meg tőlük, hová viszik a beteget. Nem is találkoztak senkivel. Úgy tűnt, mintha szándékosan tűnt volna el mindenki, vagy egy gombnyomásra az egész személyzet felszívódott volna. Akárhány beteget kivihetett volna innen egy szervkereskedő. A nővérek most is éppen cigarettaszünetet tartottak a folyosón, rá sem hederítettek az osztályra.

Amikor otthon betolták Édesanyjukat a házba, ő hosszasan pásztázta a berendezést, majd mintha most látná először a saját szobáját, megjegyezte:

– Milyen szép kis szoba!

Innentől kezdve a dolgok visszazökkentek a régi kerékvágásba. A Mami olyan jó állapotban volt újra, mintha nem is lett volna a halál kapujában még néhány nappal ezelőtt. Sőt! A hangulata és mentális állapota még jobb is volt, mint a kórházba kerülése előtt. Csak teste görbült napról napra.

Életében annyiban történt változás, hogy a Maya elnevezésű házi betegellátó szolgálat egyik tagja kijárt hozzájuk, és bekötötte az orvos által elrendelt napi két zacskó infúziót.

Nagyon helyes volt a nővér. Küllemre is, és a személyisége is. Kedves, halk és beteg-centrikus. Nem panaszkodott sem a sok munkára, sem a kevés pénzre. Nem ment el alkalmazottnak a kórházba, hanem megcsinálta a saját életét. Tudta, mire képes, és azt is, hogy ez anyagiakban mennyit jelent neki. Osztott-szorzott, és ezt a munkát választotta.

Érkezéskor, miközben bekötötte az infúziót, nagyon szívesen beszélgetett a beteggel. Kölcsönös volt a szívélyesség. Rövid idő alatt mindketten tudtak egymásról mindent. Amikor a beteg elpilledt, a nővér elővett egy könyvet, és azt olvasta, míg a cseppek szabályos ütemben lüktettek bele az érbe. Ez a nővér nem ment ki cigarettaszünetet tartani, és a barátját sem fogadta, amíg a munkája tartott.

Tökéletesnek látszott minden.

Dóra igyekezett mindennap szerét ejteni egy rövid sétának a friss levegőn. Elég nagy ellenállásba ütközött nap mint nap. Ebben nem változott az édesanyja. Viszont voltak dolgok, amikben meglepő változásokon ment át a kórházi tartózkodása alatt. Ilyen volt pl. az életfilozófiája.

Egyik nap, amikor kint, a medence mellett ücsörögtek, Dóra fel akarta hívni édesanyja figyelmét a szépülő természetre.

– Nézd, Édesanyám, milyen szép itt minden! – kezdte a beszélgetést.

Édesanyja magasra nézve lassan körbehordozta tekintetét a tájon. Hosszasan szemlélte a terület hatalmas ősfáinak terebélyes koronát alkotó ágait, majd egyre följebb és följebb csúsztatta tekintetét, mígnem elérte vele az égbolton gomolygó, ezüstben pompázó, kékesszürke felhőket. Ahogyan egyre inkább belemélyedt tekintete a felhőkbe, úgy lényegültek át arcvonásai szendergő, puha mosollyá. Már nem a földön járt, fönt lebegett az égben, a felhők ölében. Végül, amikor megfáradva feje a mellkasára csuklott, mély sóhajok közepette visszazökkent az itteni valóságba. Lányára emelte réveteg tekintetét és kérdezett.

– Pontosan mire gondolsz, mit látsz te most szépnek? Talán a nagy, csupasz fákat, amik meredten nyújtják vastag, sötét ágaikat az ég felé? Brr! – rázta meg magát. – Megborzongok a látványuktól, mert én inkább félelmetesnek látom őket. Hogy látod te mégis szépnek? Majd, ha kipattannak a rügyek és virág borítja az ágakat, akkor szép lesz! Hasonlóan szép – lágyult el a hangja –, mint ahol én szoktam járni álmomban. Az csodás! Ha azt látnád, akkor tudnád, hogy mi a szép! Annyira szeretném neked elmondani azt a fajta szépséget, de nem tudom szavakba önteni, mert nincsenek rá szavaink. Hogy is mondjam, hogy el tudd képzelni? Hasonló, mint nálunk a tavasz, csak még annál is sokkal gyönyörűbb, és a közege sokkal lágyabb, légiesebb, és minden pihekönnyű. Még én is, ha ott vagyok! Sőt, mindenki más is! Ott nincsenek kemény falak, nehéz kövek és akadályok. Ha ott vagyok, szabadon siklok a légies, ezüstszínű közegben, amerre csak akarok, és semmi sem akadályoz a mozgásomban, semmibe sem ütközöm bele. Sőt az is lehet, hogy nem én siklom, hanem maga az a csodakönnyű közeg fordul körülöttem. Mindehhez társul a lenyűgöző, langyosan simogató hőmérséklet, ami állandó, sohasem változik. Éppen az ideális. Amikor átsuhanok a vattacukorszerű, ezüst felhőkön, úgy érzem magamat, mintha langyos vízben lubickolnék. Csak a felhőknek nincs olyan ellenállásuk, mint a víznek, hanem puhák és simogatók, ezért sokkal kellemesebbek. Nem igazán jó ez a vizes hasonlat, de úgy szeretném szemléltetni, hogy te is megértsd a saját ismereteiddel. Azt is megvallom neked, hogy én igazából mindig félek ide visszajönni, mert tudom, hogy itt fázni fogok. Most is fázom. Ezért is nem szeretem, hogy ennyire erőltetted, hogy legyek a szabad levegőn. Nincs semmi értelme, hidd el! A szobám hőmérséklete sokkal kellemesebb. Ott majdnem úgy simogat a puha meleg, mint odaát. Sajnos, itt kinn a levegőn nem simogat a langyos lég. Most is érdes hideg van! Megvallom neked, ha odaát vagyok, azt kívánom, bárcsak véglegesen maradhatnék! Meg is próbáltam már többször maradni, de valahogy mindig visszaküldenek ide, hiába próbálkozom. Így hát egyelőre nem marad más, mint hogy itt várom az igazi tavaszt. Biztosan azt sem tudod, hogy a tavaszt azért adta nekünk Isten, hogy megmutassa a valódi szépséget, hogy ízelítőt adjon abból, ami odaát vár ránk. Csak egy kicsit rövidre szabta – mosolygott bele a mondatba.

– De nem is érdemlünk többet, mert úgyis mindent tönkreteszünk! – emelte meg hangját. – Törünk, zúzunk, nekiesünk a természetnek, mert azt hisszük, hogy mi mindent jobban tudunk, hogy mi okosabbak vagyunk. Közben pedig mi magunk elkorcsosulunk, egyre silányabbakká válunk – fáradt bele a monológba.

Hosszúnak tűnő néhány percig ültek még csendesen, míg végül ismét a Mami szólalt meg.

– Most már vigyél a szobámba, gyermekem! – kérlelte.

– Hideg van idekint, átfáztak a csontjaim.

Dóra felállt, erősen megmarkolta a két fogantyút és ellenkező irányba fordította velük a kerekesszéket. Tudta, hogy sok energiára lesz szüksége ahhoz, hogy felkaptasson a lejtőn.

A szobába érve kiemelte édesanyját a székből, az ágyra tette, és megszabadította a kinti ruháktól, miközben megjegyezte:

– Hogy lennénk már egyre silányabbak, mikor állandóan fejlődünk? Telefon, mobil, internet, e-mail… – sorolta.

– Hát ez az! Pontosan erről beszélek! – kapott a szón felélénkülve a Mami. – Egy csomó eszközre van szükségünk ahhoz, hogy teljesnek érezzük magunkat. Ha ezek nincsenek a kezünk ügyében, nem tudunk magunkkal mit kezdeni, félembernek érezzük magunkat. Nézd csak meg a madarakat! Bármilyen hideg van, ember alkotta menedék nélkül éjszakáznak, és reggel már itt dalolnak. Vagy, ha megtöröd a diót, akármilyen távol is vannak, mégis rögtön rátalálnak, tudják, hogy az nekik készült. A sas kilométeres távolságból is meglátja a földön futó egeret, nem kell neki méregdrága multifokális szemüveg. A vadludak dél felé szállnak, ha hideg jön, és északabbra, ha meleg.

Nem utolsósorban, itt vannak az elkényeztetett macskáid is, akik előre megérzik a tél hidegét. Hiába biztosítasz nekik fűtött macskalakot, nem bíznak meg benned, nem hagyatkoznak csak rád. A gondoskodásod ellenére is megnövesztik a téli bundájukat. Nemcsak, hogy megnövesztik, hanem még azt is tudják, milyen tél ígérkezik. Annál vastagabbra növesztik a szőrzetüket, minél hidegebb télre számíthatunk. Ők ezt is tudják, ismerik a természet törvényeit. Míg mi, emberek, egyre távolabb kerülünk a természettől. Nem magunkat, hanem az eszközeinket fejlesztjük, és az eszközeink nélkül már nem sokat érünk. Nem jó irányba haladunk, és ezt nem akarjuk tudomásul venni.

– Nahát, Édesanyám, te egészen filozófus lettél!

– Na, de nincs igazam? Csak gondold végig, és beszéljük meg! Rá fogsz jönni, hogy igazam van.

Úgy teltek a napok, mintha nem is lett volna beteg a háznál. Valójában vidámság lengte körül a kempinget. A vendégek is jöttek-mentek, az alkalmazottak dolgoztak. Az évek óta visszatérő vendégek el nem mulasztották volna a Dédit köszönteni. Röpködtek a levegőben a „Guten Tag!"-ok és a „Wie geht's"-ek. Dédi büszke volt önmagára, hogy nem felejtette el teljesen az iskolában tanult németet.

Dóra koordinálta a munkát, a vendégszervezést, és tett mindent, ami a zavartalan üzletmenethez kellett.

Micu ingázott, péntekenként megjelent és vasárnap távozott, mivel hét közben ő is dolgozott. Mindig megvizsgálta anyósát, amitől az mindig kivirult.

Samu és Péter is látogatták édesanyjukat, ha csak tehették. Senkinek sem számítottak a kilométerek, mindenki szerét tudta ejteni a viziteknek.

Laura is jött, hol családostól, hol egyedül. Tőle is kijárt a vizsgálat. Nagymamája ezektől a vizsgálatoktól is azonnal jobban érezte magát.

No, meg a dédunokák! Gyerekek, akik besurrannak a Dédi szobájába és titokban csokoládé után kutatnak az éjjeliszekrény fiókjában. Dédi úgy tesz, mintha aludna, hagyja őket kutatni, hiszen éppen őket várva, nekik töltötte fel a készletet.

Élvezi, amikor azok kuncogva osonnak ki a zsákmánnyal.

Elérkezett a június is

Jó melegek voltak a napok, de nem forrók, így kellemes volt kint ücsörögni. A dédunokák nyári szünete is megkezdődött, és mint rendszerint, Dóráéknál kezdték a nyarat. Lili hozta egyetlen fiát, Lauráék pedig mind a négy gyereküket. Nagyon szerettek a kempingben nyaralni. A fiúk kaptak egy egész lakást a kék-fehér ház emeletén, ahol teljesen függetlenek voltak minden felnőttől. Dóra naponta csak egyszer ment föl, amikor a legkisebbnek még segített a fürdésben, és utána együtt mondták el mindannyian az esti imát. Az egyetlen kislány unoka pedig a földszinten kapott egy külön szobát fürdőszobával. Étkezni átjártak a parasztházba, így napi háromszor az egész család, már aki itt tartózkodott, együtt volt. Egyik délután a teraszon ült a család. Dédi az unokákkal közös versmondásba kezdett, ami mindannyiuknak örömforrás volt. A Toldit kezdték el. A gyerekek addig vettek ebben részt, amíg az iskolai követelményeknek megfelelően, a megtanult strófákat kívülről tudták. Egy idő után aztán mind szétszéledtek, más elfoglaltságot kerestek maguknak. De a Dédi még mindig skandált. Túl a Toldin, már a Toldi estéjét szavalta folyamatosan, hiba nélkül.

A vele szemben ülő unoka-vő szinte szájtátva, csodálattal hallgatta a pontos versmondást. A végén is nehezen ocsúdott a varázslatból:

– Dédi, ezt én már most sem tudnám így végigmondani, nemhogy 88 évesen! Csak ámulattal adózni tudok a Dédi szellemi frissessége előtt.

– Nincs ebben semmi különös, Gyuszikám! Valamikor megtanultam, aztán tanítottam is évekig, hát tudom! Hú, azért jól elfáradtam. Légy szíves betolni a szobámba! – vonta ki magát a forgalomból fáradtan.

Egy másik napon a Dédi keresztrejtvényt fejtett a dédunokákkal. Szintén a parasztház teraszán ültek, egy nagy asztal mellett. Dóra is odaköltözött hozzájuk valamilyen irodai munkájával. A lány unoka, Veronika olvasta fel a megfejtendőt, és írta be a megfejtést is. Dédi hagyta, hogy a gyerekek találják ki a megfejtéseket, csak ha már végképp nem ment nekik, akkor segített.

Veronika olvasott.

– „Fogok, szándékozom" – angolul.

Senki sem törte meg a csöndet. Dóra már-már megszólalt, de Dédi türelme hamarabb elfogyott és mégis megelőzte:

– I am going to – vetette oda szerényen, mintha az lenne a világ legtermészetesebb dolga, hogy ő ezt tudja. Ezután még lebetűzte, hogy az unoka ne tévedjen.

Dóra annyira elcsodálkozott, hogy megállt kezében a toll, de nem szólt semmit, mert lehet ez amolyan keresztrejtvényfejtő tudás is – gondolta, bár igazából maga sem hitte, mert a fonetika ebbe a feltevésbe nem illett bele. A meglepetéséből ocsúdva folytatta hát saját dolgát. A gyerekek pedig tovább fejtettek a Dédivel. Egyszer megint az angol bukkant fel:

– „Went", magyarul.

Ezt már Veronika és Dédi is, mindketten szinte egyszerre vágták rá: „ment". Dóra most már letette a tollat és figyelt. Sokáig csak magyar szöveg következett, amire a megfejtést hol egyik, hol másik dédunoka kiabálta be. Vagy ha nem, hát Dédi. Élvezetes volt hallgatni őket.

Egyszer Veronika ismét angolra bukkant:

– „Mosolyogj", angolul – olvasta.

– „Smile" – vetette oda Dédi.

– Nem jó, hosszabb kell! – mondta a kislány.

– Hát, akkor keep smile – rántotta meg a vállát Dédi, és már betűzte is. És stimmelt! Veronika beírta a szavakat, majd elkéredzkedett, mert már elfáradt, vagy csak vágyott a többi gyerekkel hancúrozni, akik már korábban belefáradtak a szellemi tevékenységbe, és most éppen a nyári konyha cseréptetején hasaltak a napozó, lusta macskák mellett.

Anya és lánya ültek még egy ideig a teraszon. Jó volt figyelni a gyerekeket, látni lankadatlan energiájukat, amivel hol egy fát másztak meg, hol a melléképület tetejét, hol meg a kutyákat rakták a kutyaszállító dobozokba. A kisebbiket a nagyobbik dobozba, a nagyobb kutyát a kisebbikbe. Jó nagyokat derültek, hogy Rozi kutya félig kilóg a dobozból. A játékot náluk jobban csak a kutyák élvezték. Mind e közben a Mami el is szenderedett. Lánya pedig figyelte őt. Küllemben nem volt feltűnő a változás, mert ugyanolyan kis elesett, megrogygyant, finom vonású, madárcsontú maradt, mint a kórházi tartózkodás előtt. A sok megpróbáltatás és étkezéskihagyás ellenére sem lett aszott vagy sovány. Közepes testalkatú maradt, mint mindig is volt. De mentálisan megváltozott. Mindig is éles elméjű volt, de agya most pengeéles lett. Sőt, magával hozott még más tudást is, mint például az angolt.

Az alvó megérezhette, hogy figyelik, mert lassan felemelte mellkasára billent fejét, tétován lányára nézett és kérdezte:

– Mit nézel rajtam annyira? Elbóbiskoltam?

– Igen, szerintem, nagyon békésen aludtál. Ha fáradt vagy, szívesen beviszlek.

– Nem, nem fontos még, inkább fejezzük be ketten ezt a rejtvényt – javasolta.

Dóra kezébe vette a tollat, hangosan olvasott és írt. Hagyta, hogy édesanyja adja a megfejtéseket. Ő pedig egyszerűen nem tudott hibázni, szikraként szórta a helyes szavakat. És ekkor egy újabb angol kérdés következett:

– Film címe angolul – olvasta Dóra, majd gondolatban próbált asszociálni, de nem jutott előrébb.

– Mi van meg belőle? – kérdezte a Mami.

– A második betű egy „i", az ötödik pedig egy „y". Más nincs!

– Nem is kell, ennyi elég! Dörti denszing – mondta fonetikusan. – Betűzzem?

– Nem, ne fáradj! Én is tudom – és beírta a kockákba a két szót, miközben keze reszketett, mert ijesztőnek találta édesanyja tudását.

- Na, stimmt? - mosolyogta a kérdést magabiztosan a Dédi.
- Hát persze, hogy stimmel! - bólogatott Dóra hitetlenkedve. Már éppen be akarta fejezni a rejtvényfejtést, amikor még megakadt a szeme egy angol megfejtendőn. Ezt még próbaként bevetette, mert úgy gondolta, hogy ez nem amolyan szokásos keresztrejtvényes tudás.
- Kiküld, angolul - olvasta.
- Send out - mondta a másik gondolkodás nélkül.

Dóra már nem bírt tovább fejteni, elvette erejét a megmagyarázhatatlan. Letette a tollát és felállt.
- Édesanyám, én most már beviszlek, igazán sokáig voltál kint. Készítenem kell az uzsonnát is, neked és a gyerekeknek.

Odabent, amikor már kinyújtóztatta az ágyon az ülésben meghajolt kis testet, még megkérdezte:
- Hogy van ez, Édesanyám? Egyszerűen nem fér a fejembe, hogy honnan tudsz angolul. Hiszen korábban egy szót sem tudtál.

A válasz gyorsan, minden megfontolást nélkülözve érkezett:
- Tudok, és kész! - vágta rá kissé élesen, és elcsodálkozva nézett lányára, mert nem értette, miért nem nyilvánvaló ez.
- Miért olyan érdekes ez neked? Miért vagy ennyire meglepődve? Valamikor te sem tudtál egy szót sem, most meg tudsz! Mi ebben a meglepő? - tárta szét tenyerét.
- De hát, Édesanyám - hebegte Dóra -, én éveket fektettem az angoltanulásba.
- Na és? Honnan tudod, hogy én nem? - kérdezte ártatlanul.

Gyors ellenőrzésképpen Dóra napjában többször is bekukkantott édesanyja szobájába. Egyik alkalommal, amikor már készült behúzni maga mögött az ajtót, a következő mondat miatt fordult vissza:
- Dórikám édes, leszel szíves hozni nekem egy kis levest?

Dóra meghökkent. Sem a mondatszerkezet, sem a szavak, sem a hanghordozás nem az édesanyjáé voltak. Édesanyja még sosem szólította „Dórikám édes"-nek. A megszólítás és a „leszel szíves" és a hang is tipikusan a nagymamájának a jellemzője volt. Visszalépett és megkérdezte:

– Te szólítottál, Édesanyám?

– Igen én, mert úgy megéheztem.

– Olyan furcsa volt, ahogyan szóltál hozzám. Olyan volt, mintha nagymama szólt volna – hebegte Dóra.

– Nem – tiltakozott a Mami. – Én voltam! Igaz, itt van Mamuka is, ott ül a kanapén. Ott, ahová odasüt a nap, és morzsolja a rózsafüzért. De nem ő szólt hozzád, hanem én.

– Itt van?!

– Igen. Szeret itt ücsörögni, szeret velem lenni. Nem beszélgetünk, csak együtt vagyunk csöndben. Tulajdonképpen, amióta a kórházból hazajöttem, mindig itt van. El is felejtettem neked mondani.

– Esetleg van még itt más is? – kockáztatta meg a kérdést Dóra.

– Nem, most csak ő van itt. Megkaphatnám a levesemet? – nyűgösködött.

A felhők ölében...

Július volt már, amikor egyre gyakrabban panaszkodott arról, hogy mennyire fáradt.

– Úgy szeretném már magam kipihenni, olyan nagyon fáradt vagyok! – sopánkodott többször.

Furcsa volt, hogy így beszélt, hiszen egy ideje már az egész napot ágyban töltötte. Már nem volt hajlandó elhagyni a szobát, sőt még csak az ágyból sem felkelni. Ezért is volt nagyon meglepő, amikor egyik este szokatlan módon arra kérte a lányát, hogy ültesse ki a kerekesszékbe, tolja a nyitott ajtóhoz, mert látni szeretné a mulatozókat a teraszon. Elmondása szerint egy nagy cigánycsapat érkezett, akik zenéltek, táncoltak, énekeltek ott. Sőt, még egy pirosan lángoló kis tábortűz is égett a lábuk előtt a kör közepén, amit olyan ügyesen táncoltak körbe, hogy sem a ruhájukba nem kapott bele a láng, sem a lábukat nem égette meg. Pedig a nők mezítláb, csörgődobbal a kezükben táncoltak. Csak ült a székében, figyelt és mosolygott. Tetszett neki, amit látott.

– Hú, rettenetesen boldogok! Valakit ünnepelnek és ideintegetnek felénk. Csak úgy röpülnek tánc közben a kék szoknyák! – kommentálta.

Jó ideig nézték a színkavalkádos tánccsapatot. Bár Dóra nem látott, nem hallott semmit, de tudta, hogy édesanyja igen.

Másnap, amikor befejezték a reggeli tisztálkodást, a Mami megszólalt:

– Én most már meg fogok halni.

Dórát mellbe vágta az egyszerű, kertelés nélküli mondat. Szólni akart, de a Mami belefojtotta a szót.

– Ne szólj semmit! Úgyis csak valami banálisat mondanál. Igen, meg fogok most már halni. Ülj le az ágyam végére, és beszéljük meg!

– Honnan tudod? – hüledezett a lánya.

Ő elmosolyodott és válaszolt:

– Mondták nekem odaát. Hiszen tudod, hogy gyakran járok ott. Azt mondták, hogy csak akkor maradhatok ott véglegesen, ha meghalok. Ezért én rövidesen meg fogok halni, és végleg átköltözöm. Ez így van rendjén. De jössz te is! Ugye, tudod? Ne felejtsd el, hogy föl kell készülnöd, mert bármelyik pillanatban hívhatnak! Mindig legyen tiszta a lelked! Na tehát, arra kérlek, hamvasszatok el! Tudod, az anyagot érkezésünkkor ugyan kölcsönvesszük, de végül vissza kell adnunk. Nekem már nincs szükségem tovább a testemre. Viszont szeretném magammal vinni az imakönyvemet, a rózsafüzéremet és Mityu fiam fényképét. Én most arra kérlek téged, hogy semmiképpen se csinálj nekem koporsós temetést! Isten őrizz a koporsós temetéstől! Brrr – rázkódott meg. – Iszonyatos látvány egy sötét koporsó! Arra meg még rágondolni is rossz, hogy mi történik a földben a testtel. Csak egyszerűen égessetek el! Ne csinálj semmi nagy felhajtást, minden a legegyszerűbb legyen! Ahhoz viszont ragaszkodom, hogy a papot jól válaszd meg! Ugye, megteszed? – kérdezte, de nem várta meg a választ, mert biztos volt abban, hogy lánya nem fogja áthágni kérését. Gyorsan váltott, és derűsen a következőképpen folytatta:

– Figyelj rám, írtam egy versikét, ezt majd írd a síromra, légy szíves! – És szavalni kezdte:

„Ha látni akartok, nézzetek fel az égre,

Ott leszek, hol a madár száll,

A felhők ölében."

Tetszik? Na, ennek örülök. Most meg miért hüppögsz? Még nem haltam meg! – csodálkozott.

– Olyan zavarban vagyok – monologizált tovább –, mert nem értem ezt a Mityu dolgot! Én mindig azt hittem, hogy ő odaát van, de most azt mondják nekem, hogy ő Németországban van. És ez már nem az első eset, hogy erről tudósítanak! Olyan, mintha két helyen lenne egyszerre. Ezt nem értem… nem értem! Ó, megint milyen fáradt vagyok, muszáj aludnom! Kislányom, nyugodtan hagyjál itt, nem kell velem foglalkoznod, csak végezd a dolgodat, lásd el az unokákat! Láthatod, hogy én nem vagyok egyedül. Az Angyal itt áll az ágyam mellett és vigyáz rám. Olyan megnyugtató. Mamuka pedig ott ül a kanapén és morzsolja a rózsafűzért. Annyira jól érzi itt magát! Nagyon szeret itt lenni, és én is szeretem, hogy itt van. Olyan jó, hogy nem vagyok egyedül! – sóhajtott, miközben elégedetten fészkelődött az ágyában és már aludt is.

Arcára kiült a szokásos finom mosoly, már újra odaát járt.

Augusztus

Dóra elégedett volt a vendéglétszámmal, már eszébe sem jutott a tavaszi félelme. Minden faház és apartman lakott volt egész nyáron. Sőt, szinte állandó volt a forró váltás. Ez azt jelentette, hogy ugyanazon a napon történt a régi vendég ki- és az újabb vendég beköltözése.

Nemcsak a létszám, hanem a vendégek életkori összetétele is nagyon kedvezően alakult. Húsztól fölfelé minden korosztály képviseltette magát, ami azért kedvező, mert így mindenki találhatott magának hasonló érdeklődésű embereket. Szerencsére, mindig csupa olyan vendég érkezett, aki tiszteletben tartotta a terület természetes szépségét, a csöndet, a nyugalmat és a békét. Akik a hűs lombú, hatalmas fák alatt feküdtek, azok általában olvastak. Már az olvasás is online történik, nem kell már a nehéz könyveket magukkal cipelni. Vajon mi nyújt szebb élményt? Az olvasás-e vagy ez az atmoszféra? Lehet-e kellemesebb bármi is, mint kifeküdni a puha, tömött, élénkzöld pázsitra, miközben ránk hajol a halkan susogó fűz sűrű lombkoronája, amelynek résein bekandikál a kék ég egy szelete és a sárgálló nap sugara?

Mások a medencében lubickoltak vagy – főleg a nők – csoportokba tömörülten, a vízben álldogálva beszélgettek és halkan nevetgéltek.

Dóra igyekezett azokon a napokon házon kívüli ügyeket intézni, amikor édesanyjának infúziós napja volt, mert ilyenkor az ápolónő felügyelte. Ezen a napon is váltották egymást.

Egy ideig nyugodtan intézte a dolgait, de egyszer csak nyugtalanság vett rajta erőt. Felhívta a nővért, akitől megtudta, hogy miután ő távozott, édesanyja nem engedte bekötni a második tasak infúziót.

– Nincs itthon a lányom, hagyjuk ezt a hókuszpókuszt! – mondta a nővérnek, és még azt is ukázba adta, hogy többet nem kell jönnie, több infúziót nem kell bekötnie.

A nővér és Dóra megegyeztek, hogy tiszteletben tartják a beteg kérését.

Másnap gyönyörűen kezdődött a reggel. Hét ágra sütött a nap!

Ezzel szöges ellentétben kezdődött a Mami napja. Ő csak feküdt az ágyában, és rosszullétről panaszkodott. Előbb csak hányingere volt, majd hányt is. Később már kontaktust sem lehetett vele teremteni. Olyan volt, mint aki nincs jelen.

Dóra pánikba esett, végig sem gondolva máris hívta az orvost, aki szinte azonnal ott termett.

Pulzust tapintott, meghallgatta a szívet és már nyúlt is a telefonjáért.

– Mi történt? – kérdezte Dóra.

– Összeomlott a keringés. Azonnal hívom a rohammentőt.

– Nem, ne tegye! Nem szeretném kórházba vinni! – sipította Dóra.

– Nem tehetem – tiltakozott az orvos.

– Ha ez történik, kötelességem beszállíttatni. Ez az előírás. Nem kívánhatja tőlem, hogy veszélyeztessem a hivatásomat!

Újra a kórházban...

Ez a kórházi osztály egy emelettel följebb helyezkedett el, mint az, amelyiken tavasszal feküdt a Mami. Zavarba ejtően magasabb színvonalú volt, mint az alatta lévő, ugyancsak belgyógyászati osztály, ahol korábban feküdt a beteg. Mintha nem is ugyanabban a kórházban lett volna! A tisztaság egyszerűen fenomenális volt! A hosszú folyosón pedig könnyű parfümillat lengedezett, mely a szellőzőbe épített modern készüléken át áradt be. A ragyogó műanyagpadló elnyelte a látogatók óvatos lépteit. Az egész benyomás nagyon reménykeltő volt.

Itt is minden szobához tartozott mellékhelyiség, ahonnan az ajtó nyitásakor kellemes fenyőillat suhant a szobába. A hatalmas ablakok sem nőtték ki a sötétítő függönyöket, hanem képesek voltak éppen annyira útját állni a fénynek és a tűző napnak, amennyire az itt lakók kívánták.

Dóra nagyon meglepődött, amint félve a kétágyas szobába belépett. Előző nap látta, ahogyan a rohammentőben megpróbálták újraéleszteni édesanyját. Most még abban sem volt biztos, hogy olyan állapotban találja, hogy tud vele kontaktust teremteni.

Ezért is lepte meg az a kép, ami a kórházban fogadta. Édesanyja teljesen éberen, félig ülő helyzetben pózolt az ágyban. Amikor meglátta őt az ajtóban, elmosolyodott, de csak egyetlen pillantásra méltatta, és szó nélkül helyet intett neki az ágy mellett álló apró széken. A mozdulatból az is kitűnt, hogy nyugalmat és csendet kér, nem akarja, hogy Dóra megzavarja őt. Úgy tűnt, a szemközti üres falat pásztázza tekintetével, mosolyogva. De hamar kiderült, hogy ennél sokkal többről van szó. Csendesen, és még mindig mosolyogva szólalt meg:

- Figyelj te is, gyermekem! Látod, éppen most zajlik a temetésem a sejéni temetőben. De szép, de csodás! Nem hiába bíztam benned, jól elrendeztél mindent. Nem ismerem a papot, aki a szertartást végzi, de úgy látom, jól döntöttél. Nézd, milyen csodás tiszta arany a ruhája! Szikrázik rajta a napfény. De jó, hogy nem feketébe öltözött, hanem aranyba! Csodás! Megadta a módját a temetésemnek... Most éppen Nagyboldogasszony ünnepéről beszél nagyon választékosan. Velem hozza kapcsolatba. Roppant okos ember, a szavai úgy aranylanak, mint a ruháján a csillogó nap sugarai... Most a kisvárdai Szent Orsolya rendi Tanítóképző nevelését hangsúlyozza, ahol én tanultam , és párhuzamba állítja a mai hiányos neveléssel. Ó, gyermekem, ez csodás! És minden, ami itt van – írt le fél kört tekintetével és kezével is.

- De jó, hogy eljöttünk! Nézd ezeket a virágokat! Ezt a sokféle rózsaszínt. Tudtad, hogy a rózsaszín a kedvencem? – ujjongott.

- Nagyon tetszik ez a kis üvegurna is a pici szemfedővel, és ahogyan ott áll a szegfűgirland közepén. Emlékszel, mennyi rengeteg szegfűm volt annak idején a virágoskertben? Látod, milyen jó, hogy nincs az a csúnya, nagy koporsó! De jó, hogy hallgattál rám! Boldog vagyok a látványtól! Én iszonyodom a koporsóktól. Ez a legjobb, megégetni a testet és a port visszaadni a földnek.

Ugye, mondtam neked, hogy Sejénben minden olyan más, a temető csupa virág, az emberek szívélyesek! – ragyogott a szeme a megálmodott szépségtől. – Nézd meg ezt a temetkezési vállalkozót is! Nem csak ő, de még sírásók is mind frissen vasalt hófehér inget és fekete nadrágot viselnek. Mindegyikük kezében egy szál fehér szegfű, amit végül bedobnak a síromba. Úgy viselkednek velem, mintha a legközelebbi rokonuk lennék.

Látod, itt vannak a rokonaink! Margitka, Margitka, egyedül maradtál! Te vagy az utolsó közülünk. Szegény, hogy sír. Ne sírj, húgom, nincs semmi baj! Ó, nézd csak, nyitva a sír, várja az urnámat! Milyen hófehér a sírkő! De szép! Hogy hozták ezt ennyire rendbe? Nehogy eszedbe jusson új síremléket csináltatni! Ez tökéletesen megfelel a célnak! Kitart, amíg a lányod él, utána már úgyis az enyészeté lesz. Laura lesz az utolsó, ő utána senki sem fogja már látogatni ezt a sírt. Ó, micsoda meglepetés! – kiáltott fel. – Nézd, nézd, itt az Angyal is! Most te is megláthatod! Ott áll békésen a sír végénél és csak szemléli lehajtott fejjel az üreget. Most sem szól – mosolyodott el. – Nézd, ott áll édesapád! Látod? Ő az ott! Úgy gondolom, te alig emlékezel rá, hiszen csak 10 év körüli voltál, amikor meghalt… Ráncolja a homlokát és felém nyújtja a kezét. Kissé türelmetlen és fáradt is, mert túl sokat kellett várnia rám. De érdekes! Sohasem szoktam vele álmodni, és most meg itt van, elém jött.

Mellette áll Mamuka. Vő és anyós. Hát igen, ők mindig jól kijöttek egymással. Úgy látszik, még odaát is együtt vannak. Apukád mögül kikandikál széles mosollyal, hófehér fogsorral Mityu. De ez meg hogy lehet? Ő már Németországban van! – nyugtalankodott most is, mint már annyiszor, de csakhamar túllépett ezen.

– Ott, a másik oldalon Magdika és Lenke várnak rám. Hát, ők is itt vannak még! Ki gondolta volna? Lenke nénéd nem szól semmit, csak áll ott magát összehúzva. De Magdika váltig bizonygatja, hogy nekem a temetés után azonnal el kell mennem vele! Ő fog elkísérni! Hát ezért ne csinálj tort, mert akkor maradnom kell, és azt nem tehetem! Ezt feltétlenül ígérd meg nekem, ez nagyon fontos, mert időben indulnom kell! A tor visszatartana, és én elkésnék. Aztán Isten tudja, hogy mikor indulhatnék újra. Ígérd meg, kislányom, hogy nem tartasz vissza!

Dóra mindent megígért volna, természetesen felelősséggel, de nem kerülhetett rá sor, mert édesanyja már siklott is tovább.

– Mamuka, Mamuka! Jaj, Mamuka! – kiáltotta most hirtelen. – Hová tetszik menni? Ne tessék elmenni! Mamuka, tessék maradni! Jaj, elment! – siránkozta.

– Gyermekem, szaladj már utána, hívd vissza! – könyörgött kétségbeesve.

Dóra engedelmeskedett, kiszaladt a kórházi folyosóra, elidőzött ott egy kicsit, majd visszatért.

– Nem érted utol, ugye? – kérdezte lemondón, majd tovább pásztázta tekintetével a szemközti falat.

– Hallgasd csak! Azt mondja Magdika, hogy Mamukának dolga van, el kellett mennie. De mi dolga lehet éppen most?

Majd valakit, Dóra számára ismeretlent, fennhangon szólítgatni kezdett.

– Erzsike, Erzsike…! – aztán kis szünetet tartott, majd kis idő múlva ismét folytatta. – Erzsike, Erzsike…

Mindezek után kissé elpilledt, felületes, rövid álomba szunnyadt. De kisvártatva Dóra felé nyújtotta a kezét, és belekulcsolta ujjait annak ujjaiba.

– Most már mennem kell! Azt mondták, elérkezett az idő, mennem kell! Nem késlekedhetek – suttogta, majd kissé megemelte a takarót, felhúzta térdét, és szemlélni kezdte elnyomorodott lábát.

– De hogy fogok én ezzel a rossz lábammal lépkedni, hiszen évek óta nem használtam már? – szörnyülködött, de hirtelen mosoly fakadt az arcán. – Azt mondják, ahová most megyek, ott újra tudok majd járni, és fájni sem fog semmi. Nahát! Nem tudom, hogy lehet ez, de én elhiszem. Dórikám, megyek haza! Én most már hazamegyek! – lelkendezett, és ragyogott az arca a boldogságtól. Majd behunyta szemét, és még mindig az előző kifejezéssel az arcán elaludt. Látszott, hogy kifárasztotta a nagy kaland.

Dóra betakargatta, közel hajolt arcához és odasuttogta:

– Édesanyám, ha menned kell, hát menj! Én elengedlek téged. Szerettem volna, ha még sokáig itt maradsz velem, de ha Isten így rendelkezett, bele kell nyugodnunk. Tudnod kell, hogy mindig nagyon szerettelek. Ez kísérjen utadon Istenhez! Bízom benne, hogy találkozni fogunk odaát!

– A találkozás kapaszkodó szeretteink elvesztésében – súgta a távozni készülő anélkül, hogy kinyitotta volna a szemét.

– Köszönök neked mindent, Édesanyám!
– Bocsáss meg nekem! – súgta a távozó.
– Nincs mit megbocsátom.
– De van!
– Hidd el, Édesanyám, bármi volt az életünkben, én abból mindig tanultam. Így lettem fegyelmezett, ezért ölel bennünket most béke. Aludj jól, Édesanyám! Reggel újra jövök – fejezte be, és elhagyta a kórtermet.

Bár az volt a szándéka, hogy hazamegy, mégis maradt, mert a folyosóra kilépve az éppen akkor érkező Laurával és férjével találkozott össze. Nagy ritkán történik meg, hogy egyszerre tudják magukat szabaddá tenni, most mégis ez történt, együtt jöttek a látogatásra. Miután Dóra elmesélte a történteket, úgy látták jónak, hogy időt hagynak a pihentető alvásnak. Talán úgy 20–25 percet időztek a folyosón, amikor a nővér gyógyszerosztásba kezdett, amivel a Mami sziesztája is véget ért.

A fiatalok félszendergésben, vagy inkább félébredésben találták. Leültek az ágya szélére, egyik oldalról Laura, másik oldalról Gyuszi fogta a kezét. Halkan, simogatón beszélgettek hármasban, míg végül Mami megkérdezte:

– Gyuszikám, mikor halok meg?

Gyuszi meglepődött és zavarba jött. Vajon miért tőle kérdezte? Sem emberként, sem orvosként nem tudta a választ.

– Eljön az is, Dédi, csak ne tessék félni! – nyugtatta.

– Akkor jó. Megyek haza! – rebegte, és szemlátomást nyugalom szállta meg. Félelemnek nyoma sem volt.

Ezt látva Laura elérkezettnek látta az időt. Megfogta férje kezét is, így hárman egy zárt kört alkottak.

– Drága Nagymamám, ha úgy érzed, hogy menned kell, ne félj elindulni! Ha Isten már vár téged odaát, mi nem tartunk vissza. Lelkünkben mindig itt leszel, a mi és a gyermekeink szeretete megőrzi emlékedet.

Éppen amikor a kórtermet elhagyták, Dóra fiatalabbik lánya, Lili is megérkezett. Egyedül lépett be a kórterembe. Lehajolt az alvóhoz és úgy súgta:

- Mami, ha hív Isten, ne félj elindulni! Emlékezni fogunk Rád. Isten veled!

Miután a fiatalok távoztak, Dóra még visszament a kórterembe, és vigyázta egy ideig édesanyja álmát, egészen addig, amíg a másik ágyon fekvő, nyolcvanon szintén túl lévő, jócskán agyi érelmeszesedett Ida néni bele nem recsegett a csendbe.

Ő aztán értett ahhoz, hogyan kell darabokra robbantani a más idilljét! Az alvót felébresztette rettenetes, recsegő hangjával és hisztérikus kiabálásával. Nem ült fel, fekvő helyzetben kezdett el rikácsolni.

- Engem miért nem szeret így senki? - tépkedte mellkasán a hálóingét. - Tegnap délután is itt volt egy férfi, olyan őszes hajú és régies ruhát viselő. Az is itt dédelgette, a kezét simogatta. Hozzám miért nem jön senki? Nekem miért nem mondják, hogy szeretlek? Neki minden, nekem semmi?! Mehetek holnap egyedül haza, nem vár senki, csak az üres lakás. Na de majd most elrendezem én is! - rázta mindkét öklét a magasba tartva. - Hazamegyek, ráíratom a lakásomat az Irénkére. Tudja, arra a nagyon gazdag asszonyra, aki megvette az egész H-i temetőt, és akkor az majd szeretni fog engem! Főz nekem madártejet, behozza a kórházba... - rikácsolta már habzó szájjal, messzire szertefröcskölve a nyálát.

Dóra komolyan megijedt az egyre inkább fokozódó hangoskodástól, indulni akart, hogy segítségül hívjon egy nővért, de szerencsére éppen jött, vagy éppen ezt hallva jött egy nővér fecskendővel a kezében. Ügyesen, szakszerűen ellátta Ida nénit, így gyorsan véget ért a dühöngés, Ida néni mély álomba merült.

A nővér elmenőben odaszólt:

- Tegnap is ezt csinálta, akkor is csak injekcióval tudtuk lenyugtatni.

Eközben Dóra az édesanyját nyugtatgatta, újra betakargatta, és szerette volna, ha az ő szemét is eléri az álom. Közben azért megkérdezte, amit már olyan nagyon meg akart tudni.

- Édesanyám, ahová most készülsz, ott találkozni fogsz Istennel?

A beteg elgondolkodott, ráncolta homlokát, a távolba révedt, onnan várva információt, míg végül válaszolt.

– Ahová én megyek? – kérdezett vissza. – Ó, hol van az még Istentől?! Nem, ott még nem találkozunk. Odáig még nagyon hosszú az út! Én csak annyit tudok, hogy ha esős az idő, akkor figyelj, mert olyankor leszek legközelebb hozzád.

– Ezt meg hogy érted?

– Nem tudom, hogy értem! Ilyeneket ne is kérdezz, mert nem tudok válaszolni! Nekem is csak úgy mondták, én pedig továbbadom neked.

Lánya nem forszírozta tovább ezt a témát, mert nem akart kellemetlen érzéseket kelteni a betegben.

De mert nem látta még álmosnak, más témára váltva tovább kérdezett:

– Esetleg azt tudod, hogy kiről beszélt Ida néni? Ki volt itt tegnap délután?

– Igen, azt tudom! Édesapád volt itt, azt az öltönyt viselte, amiben eltemettük. Ida néni vele is úgy kiabált tegnap, mint ahogyan az előbb. És mit gondolsz, miért tett neki szemrehányást? Hát azért, mert édesapád nem őhozzá jött látogatóba. Nevetséges! Ugyan miért is látogatta volna őt? – fejezte be kérdéssel a választ most már elfáradva, és szép lassan elpilledve.

Ó, Istenem, hát mi folyik itt? Élők és holtak együtt a kórteremben! Ki hinne nekem, ha mindezt elmesélném? – kavarogtak Dóra gondolatai.

Emberi szem számára minden nagyon békés volt, semmi sem látszott az éterben zajló eseményekből. A szoba békés csöndet és nyugalmat árasztott. Kedvező fekvése megengedte a nap sugarának, hogy kissé bekandikáljon, de nem hagyta, hogy felforrósítsa a levegőt. Ez a tökéletes atmoszféra mindkét alvónak kellemes álmot biztosított. Dóra még egy darabig elnézte őket, miközben rendezte gondolatait. Tudta, elérkezett az idő, vagy belátható időn belül elérkezik. Még beszélt a főorvossal, aki elmondta, hogy a keringést helyreállították, többet tenni nem tudnak, a beteg olyan állapotban van, hogy hétfőn ő hazaengedi. Dóra kérte, engedje inkább ma (pénteken). De a főorvos még valamilyen megfigyelésről beszélt, így nem volt értelme a további szónak. Bár erősködött volna!

Először a templomba ment át és megkérte a papot, hogy másnap jöjjön el édesanyjához a kórházba imádkozni. Aztán felhívta családtagjait, és informálta őket.

Másnap délelőtt vegyes érzelmekkel indult el a kórházba. Lélekben már mindenre fel volt készülve, vagy legalábbis ő azt hitte, hogy fel van készülve, és nem érheti már meglepetés. Tévedett!

Amint belépett a kórházi szobába, azt látta, hogy mindkét ágy üres. Azt tudta, hogy Ida néninek haza kellett távoznia. Látva, hogy a másik ágy is üres, remegés fogta el. Annyira számított még rá, hogy a megszokott látvány fogadja, hogy még ott találja édesanyját. Most érezte át igazán, hogy mennyire tud hiányozni. Olyan súlyos volt ez az érzés, hogy nem tudott vele mit kezdeni.

Csak nagy sokára volt képes a nővérpulthoz menni, ahol egyetlen fiatal nővért talált, aki lakonikusan közölte vele, hogy édesanyja a műtőben van. Éppen most műtik, mivel előző nap estefelé leesett az ágyról, és eltört a combnyak-csontja. A nővér még hozzátette, hogy ők nem tehetnek semmiről, mert hiába is igényeltek volna ágykorlátot, lehet, hogy nincs is a raktárban. Meg hát a beteg olyan szépen aludt, hogy ki gondolta volna, hogy egyszer csak leesik. Majd vállvonogatva – mint aki jól végezte dolgát – elment.

Dóra a nővérpultba kapaszkodott, amíg erőt gyűjtött. Szerette volna mondani, hogy 80 év fölött kötelező az ágyrács, de nem bírt kipréselni egyetlen hangot sem.

– Istenem, hát mi következik még? Mennyit kell még Édesanyának szenvednie? – kérdezte Istent vádaskodva.

Egyedül állt a pult mellett. Sehol egy nővér, sehol egy orvos! Mindenki eltűnt, mintha mindenki hazament volna. Hiába kukkantott be a nővérszobába, az orvosi szobába, kórtermekbe, sehol senki a személyzetből. Senkitől sem tudott semmit kérdezni, és senkitől sem kapott egy bocsánatkérést a történtek miatt. Csak egyetlen emberrel találkozott.

Amint megfordult, a pappal találta szemben magát, aki ígéretéhez híven eljött a beteghez, hogy vele imádkozzék. Most, értesülve az eseményekről, felajánlotta, hogy másnap újra próbálkozik, addig is a templomban imádkozik érte.

Mivel előző nap Dóra telefonált testvéreinek, ezen a napon mindketten eljöttek. Az operáció végét várva a három testvér és Laura a műtő előtt gyűlt össze. Pontosan úgy zajlott minden, mint ahogyan az amerikai filmekben látni.

A nagyon magas, cseppet sem jóképű sebész, aki a műtétet végezte, végül megjelent a folyosón és kimerítően informálta a rokonokat. Az operáció megfelelően zajlott, a beteg még él, de hogy mennyit bír el az elöregedett szervezet, az a jövőben derül ki. Dóra hálapénzt adott az orvosnak… sokat, amitől az még szívélyesebb lett, és ígérte a további törődést, gondoskodást.

Néhány napig a beteg a sebészeten maradt, majd áttették a krónikus belosztályra. A magas sebész ígérte, hogy látogatja majd ott is, kontrollálja állapotát, és 10–12 nap múlva kiszedi a varratokat.

Sötét Madonna...

Otthon, a kempingben folyt az élet a megszokott ütemében, de a hangulat erősen megváltozott. Valahogy minden még csöndesebb lett, nem volt semmilyen nyüzsgés. A vendégek saját lakókocsijuk vagy lakásuk előtt napoztak, de nem gyűltek össze, és esténként nem látogatták meg a kis bárt sem egy italra.

Máskor, ha Dóra végigsétált a területen, alig tudott elszabadulni, mert mindenki beszélgetni akart vele. Sokat, hosszan, kimerítően. Nem volt ő ennek elrontója, mert maga is szeretett társalogni.

Az évek során kialakult egy sajátos, keverék nyelv, amit ő kemping nyelvnek hívott. Igazából az angol lett volna a közös nyelv, ha nem ragaszkodott volna néhány náció a saját nyelvéhez. Pl. a németek, akik megszokták azt, hogy a saját nyelvüket Európában mindenhol tudták a korábbi időben használni. A franciák is ragaszkodtak saját nyelvükhöz. De mindkét nemzet fiataljai felmérték már az angol nyelv hasznosságát. Ugyanakkor a holland az a szerencsés náció, aki mind az angolt, mind a németet anyanyelvi szinten beszéli. Talán nem is nehéz nekik ezeket a nyelveket megtanulni, hiszen a közös nyelvcsaládba tartoznak. Sőt, ők maguk a németről azt mondják, hogy az egy dialektusa a hollandnak. Ezért, ha összeverődött egy soknációjú csoport, remekül meg tudták egymást érteni.

Nem így a magyar nyelv, ami egyedi és megismételhetetlen, a külföldiek számára megtanulhatatlan. Nincs még egy ilyen egyedi nyelv, mint a magyar!

Mostanában nem voltak ilyen társalgások, nem kereste Dóra társaságát senki. Közte és a vendégek között csak egy köszönésből és egy mosolyból állt a kontaktus. Nagyon csodálkozott, hogy senki nem kérdez tőle semmit, pedig mindenki látta a rohammentőt, és ahogyan elszállítják a közkedvelt Mamit. Mivel nem volt magyar vendég, azt a következtetést vonta le, hogy a külföldiek másképp élik meg az ilyen eseményeket, másképp dolgozzák fel ezt az élményt. Talán már meg sem érinti őket a halál-közeli élmény?! Ekkor még nem tudta, hogy rövidesen mennyire szégyellni fogja magát ezekért a gondolatokért.

Egyik nap estefelé akkor érkezett haza a kórházi látogatásból, amikor már szürkületbe kezdett hajlani az égbolt. A megsűrűsödött levegő már elmosta a fák hatalmas lombkoronájának éles kontrasztját, amivel még fokozottabb lett a kemping hallgatagsága. Nem volt meglepő a csend, hiszen ezt a kempinget mindig is a nyugalom jellemezte még akkor is, ha telt házzal üzemelt. A terület nyugalmat árasztó atmoszférája megválogatta a vendégeket is.

De most valahogy másmilyen volt a csend!

Dóra behajtott a parkolóba, ahonnan éppen a medencés placcra nyílt a rálátás. Meglepő látvány fogadta. A nagy, kék medence fehér peremén, mint a kis verebek a villanydróton, ott ültek sorban a gyerekek, és a holland képes bibliából fennhangon olvastak. Minden gyerek csak egy-egy kis rövid részletet, talán nem is többet két mondatnál. Édesanyjuk felügyelte őket, és ő volt az, aki továbbadta a könyvet a következő gyermeknek.

Kisebb távolságban, körben a felnőttek álltak, ültek nációra tekintet nélkül. Úgy tűnt, minden lakó idegyűlt, talán senki sem maradt a lakókocsijában vagy a lakásában.

Dóra kíváncsiságát felkeltette az összeverődött csoport látványa. Miközben óvatosan igyekezett hozzájuk közelíteni, az egyik német nő odasúgta neki:

– Édesanyádért imádkozunk.

Amikor a szülő összezárta a bibliát, Dóra fölkapcsolta a medence világítását. Üdvrivalgás és tapsvihar volt a köszönet, és a kis meztelen testek nagyokat csobbanva merültek alá a hűs vízben, hogy lefekvés előtt még egy nagyot lubickoljanak.

A terület legalsó része szelíd lankájával a csörgedező kis patakra nyúlik. Egyik oldalon erdő öleli, a másik oldalon a fák nélküli, füves tisztás nyújtózkodik, mely szabadon engedi süttetni magát a nappal. A kempingnek ez a része nincs parkosítva, nem állnak vigyázban a növények, nincs rajta emberi kéz alkotta virágoskert. Csak a fűkaszálás töri meg néha a természetességet. Ilyenkor napokig belengi a friss széna illata az egész kempinget.

A kaszálást követően, néhány nap elteltével, a megszáradt szénát megforgatják, majd ha már elég száraz, kis kazlakba rakják, hogy télen az őzek tápláléka legyen. Dóra ezt a területet tartja a kemping legszebb részének. Hasonló véleményen vannak a vadak is. Gyakran lehet látni néhány fős őzcsapatot, amint a patak partján pihennek, vagy ahogyan őzanya a gidáját a patak vizéből inni tanítja. Itt szokta a vaddisznó büszkén megtanítani visongató, csíkos malacainak, hogyan kell az avar alatti sima földet ronda hepehupásra feltúrni.

A sünök is zavartalanul bogarászhatnak itt, csak akkor kerekednek gombóccá, ha reggelente Mázli és Rozi megjelennek. A kutyák és sünök háborújában mindig az utóbbiak győznek. Rozi és Mázli gyakran vérző orral futamodik meg, de ez sem veszi el kedvüket a harctól, hisz mindig újra és újra kezdeményezik.

Hajnalonta a száz és száz madár oly hangosan énekel, hogy az már őrült ricsajnak tűnik.

Bár szinte mindenkit megbabonáz a természet e szelete, mégis csak kevesen mernek lakókocsijukkal erre a részre ráállni. Csak akinek hatalmas, erős terepjárója van, az engedheti meg magának, hogy leállítja ide a lakókocsit, amit az erős terepjárójával akár esős időben is ki tud innen húzni. Vagy ha így sem sikerül kiállni, akkor traktort kell hívni.

A sátorozókat nem fenyegeti veszély, hiszen fel tudják szedni a sátorfájukat, bármilyen is az idő.

Néhány napja gyalogosan érkezett egy fiatal, karcsú, magas, holland pár. Amikor meglátták ezt a részt, szinte felsikítottak örömükben. Azonnal felállították ide, négy fa közé a kis igloo sátrukat. A sátor ugyan állt, de a pár aludni is csak akkor használta volna, ha elered az eső. Ők inkább a zöld fűben heverésztek naphosszat, miközben távcsővel pásztázták a kis erdő őslakóit. Este élelmet raktak ki, és nem voltak restek hajnalban kelni, hogy videóra vehessék az odagyűlt állatokat.

Esténként tettek egy-egy sétát a környéken, de egyébként ki sem mozdultak a kempingből. Elvarázsolta őket a természet. További szórakozásuk az olvasás volt. Nyaralásuk alatt elolvasták a kemping kis könyvtárának összes idegen nyelvű könyvét.

Nem hoztak magukkal sem laptopot, sem más elektromos kütyüt. Pedig azt hinné az ember, hogy az az ő életükben munkaeszközként is elengedhetetlen, hiszen mindketten tanárok. A szőke lány angol, a fiatalember technika szakos. Esti sétáik alkalmával felfedezték, hogy a felső udvaron, a kerekes kút mellett egy nagy kupac kivágott farönk hever. A fiatalember ellenállhatatlan vágyat érzett, hogy faraghasson valamelyik rönkből valamit. Dóra szívesen bocsájtotta rendelkezésére akár az egész farakást is.

Következő nap délelőtt mindketten megjelentek a kút mellett. A lány kibontakozott piros, kasmír nagykendőjéből és meztelen, rugalmas testével leheveredett az egyik napozóágyra, odatartva márványos, fiatal bőrét a barnító napsütésnek, és olvasni kezdett. A fiatal tanár is lecsomózta derekáról a kendőjét, ráterítette egy farönkre, amire leülni szándékozott, majd hosszasan válogatott a farönkök között. Amikor végül megtalálta a megfelelőt, letelepedett, a kiválasztott rönköt maga elé helyezte és valami mély hangú favágó nótát skandálva faragni kezdett. Egyetlen szerszáma csupán egy szekerce volt.

A szőke lány időnként abbahagyta az olvasást, lehunyta szemét és élvezettel hallgatta embere férfias, mély hangú nótáját, az pedig szekercéjével rendületlenül faragott. Nem nézett sem jobbra, sem balra, de még a kíváncsiskodókra sem, megszűnt számára a világ, csak dolgozott folyamatosan.

Délelőttől délutánig, négy napon át ismétlődött ez a monoton program, amit ők mindketten szemmel láthatóan nagyon élveztek. Mindig a késői reggeli után jelentek meg, és a korai vacsora előtt távoztak. Az óriási melegben az ebédet fölöslegesnek tartották. Talán ezért is voltak ilyen szép karcsúak!

A negyedik napon a fiatalember olajat kért, amivel átdörzsölte elkészült munkáját, ami egy női mellszobor lett, olyan részletességgel kidolgozva, ahogyan azt az egyetlen szekercével lehetséges volt elkészíteni, majd az egyik virágágyás közepén egy emelvényre állította. A vendégek körbeállták, ámulták és bámulták a művet. A holland fiatalember pedig Dórához fordult, és tökéletes angoljával azt mondta:

– Édesanyádnak faragtam, kérlek, add át neki, ha hazajön a kórházból… vagy édesanyád emlékére – tette hozzá nagyon halkan, és átölelte Dórát.

Sötét Madonnának nevezték el a mellszobrot, mert a kiválasztott farönk belseje – éppen ott, ahol a fej került kialakításra – majdnem fekete volt.

2009. AUGUSZTUS 15.

Nagyon nehezen tudta Dóra tudomásul venni, hogy átszállítják édesanyját a krónikus belgyógyászati osztályra. Számára a krónikus elnevezés a valamikori elfekvőt jelentette, ahová akkor telepítették át a betegeket, amikor már nem volt remény, amikor már csak a halál pillanatára vártak. De hiába kérlelte az erről rendelkező, nagyon szimpatikus és lelkiismeretes osztályos sebészt, az inkább nyugtatta és elmagyarázta, hogy nincs szó pusztán csak elfektetésről. Ellenkezőleg! Ez az az osztály, amelyik ellentétben a sebészettel, sokkal felkészültebb a lábadozó betegek ellátására. Több a nővér, a gyógytornász és az egyéb kisegítő személyzet. Ezért sokkal többet tudnak személyre szabottan foglalkozni a betegekkel, mint bármelyik másik osztályon. Nem volt mit tenni, el kellett fogadni a megváltoztathatatlant.

A krónikus belgyógyászati osztály egyáltalán nem volt elegáns. Minden öreg és igen használt volt. Málladozott a fal, nyikorogtak a szedett-vedett bútorok, feltöredezett volt a járólap, nem záródtak rendesen az ajtók. Viszont tisztaság volt, a hőmérséklet kellemesen langyos, olyan, amibe ha belemártózik az ember, szívesen marad ott huzamosabb ideig. A nővérek neszetelen léptekkel suhantak az ágyak között. Halk modorúak, fáradhatatlanul törődők és kedvesek voltak. Az osztályos főorvost megismerve rögtön látszott, hogy ezen az osztályon csak ez lehet a mérték. A főorvos olyan volt, mint egy Mikulás. Hófehér haj, hófehér, sűrű szakáll és végtelen jóindulat, odaadás. Dórának mindig előítélete volt a szakállas férfiakkal kapcsolatban, mert úgy ítélte meg, hogy a szakáll pajzsként szolgál az arc és a mimika eltakarására. De ez az orvos cáfolta ezt! Nyílt tekintete elég volt pozitív személyiségének kifejezésére. Átnézte a leleteket és őszintén véleményezett:

– Gyenge életfunkciók, amik napról napra gyöngébbek lesznek, végül megszűnnek. Nem lehet javulásra számítani.

– Akkor én inkább szeretném hazavinni – kérlelte Dóra.

– Ne tegye! Jobb itt neki. Otthon nem tudják ilyen szakszerűen ellátni, és nem is fog beleférni a 24 órába a gondozása.

Dóra tudta, hogy egész életében a fülébe fog csengeni ez az utolsó mondat. Az odaadó törődést hálapénzzel akarta honorálni. Sem az orvos, sem a nővérek nem fogadtak el paraszolvenciát! Viszont a magas sebész, zsebében a pénzzel, örökre elfelejtette a páciensét. Dehogy látogatta! Még a varratot is elfelejtette kiszedni. Dóra többször reklamált, de nem történt semmi. A „Mikulás" orvos védte kollégáját, elhitetni igyekezett, hogy nem hátrány, ha tovább marad bent a varrat. Váltig bizonygatta, hogy ő beszélt a magas sebésszel, és az megígérte, hogy majd holnap... aztán ismét holnap, aztán már csak hétfőn... halogatta, míg elfogytak a napok, és nem volt már több holnapja a betegnek, és a hozzátartozó semmit sem mert tenni iszonyatosan kiszolgáltatott helyzetében.

Megadatott minden családtagnak az a kegy, hogy el tudtak búcsúzni a Mamitól. Egyedül Micu volt kérdéses, mert lumbágója miatt már két hete nem tudott kocsiba ülni és levezetni a közel 200 km-t.

A Mami már nem társalgott senkivel, nem volt már sem ereje, sem érdeklődése, sem tudata hozzá. Viszont gyakran szólította vejét. Kitartóan várt rá.

Végre elérkezett ez a nap is, amikor a vő megérkezett!

2009. augusztus 15-öt írtunk akkor.

Délután, úgy 6 óra körül, amikor megálltak az ágya mellett, Dóra megfogta édesanyja kezét. A kis kéz hideg volt, és a tenyérben az erek elkékültek, a homlok pedig érdesen hűvös volt.

– Micukám! – lehelte Mami és többet nem szólt. Csak erre várt, végre elköszönt a vejétől is, nem maradt már itt több dolga. Szemgolyóját a magasba fordította és apatikussá vált.

Micu nem bírta feldolgozni az élményt. Kiszállt lábából az erő, leroskadt az ajtó melletti székre, még mielőtt összeroskadt volna. Jó ideig elindulni sem tudott, előbb erőt kellett gyűjtenie.

Hazafelé Dóra vezetett. Micu még mindig nem ocsúdva zavarából, kábultan kászálódott be az anyósülésre. Zavarát látva, Dórának a lánya, Laura jutott eszébe, aki a saját nagymamájának haldoklását nézve ugyanúgy tanácstalan volt, ugyanúgy nem tudta hozni a megtanult attitűdöket, mint most a férje.

A belül dúló feszültséget Laura könnyeivel próbálta megoldani, Micu pedig magából kifordulva dühöngött, és minden dühét feleségére ontotta.

– Engedd el! Engedd el végre a Mamát! Hát nem látod, milyen állapotban van? Nem látod, mit művelsz vele azzal, hogy visszatartod? Nem sajnálod? Hagyod szenvedni, nem engeded meghalni! Engedd már el végre!

– De hát én már elengedtem! El is búcsúztam tőle – zokogta a másik.

– Csak mondod, de nem engedted el! Ezek csak szavak! – vádaskodott Micu.

– Engedd el az érzelmeiddel, a lelkeddel, a tudatoddal! Mondd is meg neki! És gondold is komolyan!

Felesége görcsösen kapaszkodott a volánba, és hisztérikusan zokogva tört ki:

– Én már mindezt megtettem, én már elengedtem! Meg is beszéltem vele. De ő rád várt, téged hívott, miattad nem tudott elmenni! Hát nem látod? Már mindenkitől elbúcsúzott, csak még tőled nem. Hát nem érted? Egyedül rád várt!

Hazáig az út kb. 25 percig tartott. Nem váltottak ez idő alatt már több szót. Minek? Mindketten belemélyedtek gondolataikba, és érezték a másik ugyanazon tartalmú gondolatait is. Értelmetlen lett volna hangosan is szólni arról, amit egyformán tudtak.

Miután megérkeztek, Dóra – mint már annyiszor – ismét gyertyákat gyújtott az étkezőben. Leült eléjük, mindkét kezén összeérintette a három első ujját. Szép egyenletesen lassította lélegzetét és ugyanilyen tempóban engedte szemére hullani szempilláját.

Micu is leült az egyik székre. Összekulcsolt két kezét az asztalon nyugtatva, szó nélkül, türelmesen várt.

Nem kellett sokat várnia, mert felesége hamar visszajött az alfa szintről.

– Mit láttál? – kérdezte halkan.

– Rögtön hívnak a kórházból – súgta Dóra összetörten.

Még felemelkedni sem volt ideje székéről, amikor már csörgött is mobilja.

A kórházból jött a hívás:

– XY főorvos asszony vagyok. Szomorú hírt kell közölnöm! Az édesanyja tíz perccel ezelőtt meghalt. Visszaadta lelkét a Teremtőnek. Részvétem!

Értékelje ezt a **könyvet** honlapunkon!

www.novumpublishing.hu

A szerző

Szabó Angela 1949. június 9-én született értelmiségi családba. Tanári diplomát szerzett a Bárczi-n és az ELTE Neveléstudományi Karán. Arab nyelvet külföldi egyetemen hallgatott. Anyanyelve magyar, emellett beszél még angolul és németül. Jelenleg saját, szezonális idegenforgalmi cégét működteti. Egész életében írt, de publikálni csak most kezdett. Önmaga bevallása szerint hobbijai: „Kutyáim, macskáim és az ég madarai..."

novum KIADÓ A SZERZŐKÉRT

A kiadó

*Aki feladja,
hogy jobbá váljon,
feladta,
hogy jobb legyen!*

E mottó alapján a novum publishing kiadó célja az új kéziratok felkutatása, megjelentetése, és szerzőik hosszútávú segítése. Az 1997-ben alapított, többszörösen kitüntetett kiadó az egyik legjelentősebb, újdonsült szerzőkre specializálódott kiadónak számít többek között Ausztriában, Németországban és Svájcban.

Valamennyi új kézirat rövid időn belül egy ingyenes, kötelezettségek nélküli kiadói véleményezésen esik át.

További információkat a kiadóról és a könyvekről az alábbi oldalon talál:

w w w . n o v u m p u b l i s h i n g . h u